INVERNO

KARL OVE KNAUSGÅRD

Inverno

Tradução do norueguês
Guilherme da Silva Braga

COMPANHIA DAS LETRAS

Copyright © 2015 by Karl Ove Knausgård
Todos os direitos reservados.

 Esta tradução foi publicada com o apoio financeiro de NORLA.

Grafia atualizada segundo o Acordo Ortográfico da Língua Portuguesa de 1990, que entrou em vigor no Brasil em 2009.

Título original
Om vinteren

Capa
Raul Loureiro

Imagem de capa
Sem título, de Paulo Pasta, 2018. Óleo e grafite sobre papel, 15 × 20 cm.

Preparação
Mariana Donner

Revisão
Huendel Viana
Gabriele Fernandes

Dados Internacionais de Catalogação na Publicação (CIP)
(Câmara Brasileira do Livro, SP, Brasil)

Knausgård, Karl Ove
   Inverno / Karl Ove Knausgård ; tradução Guilherme da Silva Braga. — 1ª ed. — São Paulo : Companhia das Letras, 2023.

   Título original : Om vinteren.
   ISBN 978-65-5921-543-0

   1. Romance norueguês I. Título.

23-148223   CDD-839.823

Índice para catálogo sistemático:
1. Romances : Literatura norueguesa 839.823
Eliane de Freitas Leite – Bibliotecária – CRB 8/8415

Todos os direitos desta edição reservados à
EDITORA SCHWARCZ S.A.
Rua Bandeira Paulista, 702, cj. 32
04532-002 — São Paulo — SP
Telefone: (11) 3707-3500
www.companhiadasletras.com.br
www.blogdacompanhia.com.br
facebook.com/companhiadasletras
instagram.com/companhiadasletras
twitter.com/cialetras

Sumário

CARTA A UMA FILHA NÃO NASCIDA | 2 DE DEZEMBRO

DEZEMBRO
Lua, 21
Água, 24
Corujas, 27
Macacos-d'água, 31
Primeira neve, 35
Aniversário, 39
Moedas, 42
Christina, 45
Cadeiras, 48
Refletores, 52
Canos, 55
Bagunça, 58
Sons de inverno, 61
Presentes de Natal, 64

Papai Noel, 67
Hóspedes, 70
Nariz, 74
Bichos de pelúcia, 78
Frio, 81
Fogos de artifício, 84

CARTA A UMA FILHA NÃO NASCIDA | 1º DE JANEIRO

JANEIRO
Neve, 95
Nikolai Astrup, 98
Ouvidos, 101
Björn, 104
Lontra, 107
Social, 111
Cortejo fúnebre, 114
Gralhas-cinzentas, 117
Limites, 120
Cripta, 123
Inverno, 126
Desejo sexual, 129
Thomas, 133
Trens, 136
Georg, 138
Escovas de dentes, 141
Eu, 145
Átomos, 149
Loki, 152
Açúcar, 156

CARTA A UMA FILHA RECÉM-NASCIDA | 29 DE JANEIRO

FEVEREIRO
Espaços vazios, 167
Conversas, 170
Local, 173
Cotonetes, 176
Galos, 179
Peixes, 184
Botinas, 187
Sentimento vital, 191
J., 194
Ônibus, 198
Hábitos, 201
Cérebro, 204
Sexo, 207
Montes de neve, 210
Ponto de fuga, 213
Década de 70, 216
Fogueiras, 219
Operação, 222
Hidrantes, 226
Janelas, 229

CARTA A UMA FILHA NÃO NASCIDA

2 DE DEZEMBRO. Você passou todo o verão e todo o outono nessa barriga. Rodeada por água e escuridão, você passou por diversas etapas do desenvolvimento, que, vistas de fora, parecem reproduzir as etapas da própria evolução humana, desde um ser pré-histórico, similar a um camarão, com a espinha dorsal em forma de cauda e uma camada de pele tão fina sobre esse corpo de um centímetro que todo o interior se revela aos olhos — como uma dessas capas de chuva feitas de plástico transparente, que você um dia vai ter e talvez pensar o mesmo que eu, que tem um quê de obsceno, talvez porque nos pareça antinatural ver através da pele, e usar uma capa de chuva dessas é meio como vestir uma pele —, até a primeira forma de mamífero, quando o traço distintivo já não é mais a coluna vertebral, mas a cabeça, enorme em relação ao restante do corpo estreito, que permanece encolhido, e aos braços e pernas infinitamente finos, que mais parecem quatro palitos, para não falar dos minúsculos dedos nos pés e nas mãos, similares à ponta de uma agulha. Os traços do rosto ainda não se desenvolveram: os olhos, o nariz e a boca são

apenas pressentidos, mais ou menos como uma escultura que ainda precisa receber os toques finais. E na verdade é assim mesmo, com a diferença de que esse trabalho não acontece de fora para dentro, mas de dentro para fora: você muda a si mesma, cresce através da carne. E era assim, com esses traços vagos e indefinidos, que você estava quando no final de junho passávamos as férias em Gotland, numa casa no meio da floresta em Fårö, numa pequena clareira em meio aos pinheiros, onde o ar cheirava a sal e o mar rumorejava por entre os troncos. Tomávamos banho pela manhã numa das longas e estreitas praias do Báltico, comíamos nos restaurantes com serviço ao ar livre e no fim da tarde assistíamos a filmes em casa. Sua irmã mais velha tinha nove anos, a sua outra irmã tinha sete e o seu irmão cinco, quase seis. As coisas são bem agitadas com os três, em especial por causa das suas irmãs, que agora têm idades tão próximas que sentem o tempo inteiro a necessidade de manter certa distância entre si, e então começam a discutir e às vezes até mesmo a brigar, porém nunca quando estão na praia, nunca quando estamos tomando banho de mar, porque nessas horas estamos juntos em tudo, e é assim que funciona desde sempre: na água desaparecem todos os conflitos, todos os problemas, é lá que as duas se esquecem de tudo ao redor e simplesmente brincam. As duas também são loucas pelo seu irmãozinho, acham que ele é um fofo e às vezes dizem que se casariam com ele se não fosse o irmão delas. Dois meses depois ele teve o primeiro dia de aula, no fim de agosto, enquanto você continuava minúscula, no escuro, com uma cabeça enorme em relação ao corpo — os braços e as pernas pareciam gravetos, embora já com unhas nos dedos dos pés e das mãos, que você já conseguia mexer, e provavelmente mexia —, chupando o polegar. Você não tinha ideias em relação a nada, não sabia onde você estava nem quem você era, mas de um jeito vago, muito vago, devia saber que você existia, já que há diferenças nessas etapas: mesmo que você não sentisse nada enquanto sua mãozinha flutuava perto da cabeça, devia sentir alguma coisa quando a colocava na boca, e essa diferença, em que uma coisa é uma coisa e outra coisa é outra coisa, deve ser o ponto de partida da consciência. Mas não pode ter sido mais do que isso. Todos os sons que chegavam até você, vozes e roncos de motor, guinchos de gaivota e música, batidas, rumores, gritos, devem ter se revelado apenas como escuridão e água, coisas que você não saberia individualizar, porque não pode ter existido nenhuma diferença entre você e o ambiente onde estava: você era apenas uma coisinha que crescia, uma coisinha que se expandia. Você era a escuridão, você era a água, você era o movimento quando a sua mãe subia um lance de escadas. Você era o calor, você era o sono, você era a diferença minúscula que surgia quando você acordava.

Mas você ainda vai ver as fotografias do primeiro dia de escola do seu irmão: uma delas está pendurada na parede da sala de jantar, ele está lá com as suas duas irmãs, todos os três sorrindo, cada um do seu jeito, com o jardim verdejante banhado pela luz da manhã ao fundo, vestido com o uniforme novo da escola sob o céu azul do fim do verão.

Essa descrição parece alegre, quase idílica. E de fato era, porque os dias que passamos nas praias de Fårö e esse primeiro dia de escola foram dias bons. Mas no futuro, quando ler isso tudo, querida, se tudo der certo e a gravidez transcorrer dentro da normalidade, como espero que aconteça e acredito que vá acontecer, embora não haja garantias, você talvez descubra que a vida não é assim, que os dias com sol e risadas não são a regra, mesmo que também existam. Somos entregues uns aos outros. Todos os nossos sentimentos, vontades e desejos, toda a nossa constituição psicológica individual, cheia de estranhos recônditos e muralhas praticamente indestrutíveis, foram criados ainda na infância, para nos proteger contra os sentimentos e as vontades e os desejos dos outros, e também contra a constituição psicológica individual deles. Mesmo que os nossos corpos pareçam simples e graciosos, capazes de beber chá da mais fina e mais delicada porcelana chinesa, e mesmo que os nossos modos sejam bons, para que em quase todas as situações possamos saber o que se exige de nós, nossas almas se assemelham a dinossauros: têm o tamanho de um prédio, deslocam-se com movimentos lentos e pesados, mas, quando sentem-se assustadas ou irritadas, representam perigo mortal e não temem ferir nem matar. Com essa imagem, pretendo dizer que mesmo quando agimos de forma razoável no exterior, no interior acontecem o tempo inteiro coisas totalmente distintas, numa escala totalmente distinta. Enquanto uma palavra no exterior é apenas uma palavra que cai ao chão e some, essa mesma palavra talvez se torne algo enorme no interior, onde pode existir por muitos anos. E, mesmo que um acontecimento externo seja apenas um acontecimento com frequência razoável e logo superado, pode transformar-se em um acontecimento decisivo no interior e criar sentimentos de medo, que nos limitam, ou de amargura, que nos limitam, ou ainda sentimentos de soberba, que não nos limitam, mas levam-nos a uma queda que acaba por nos limitar. Conheço pessoas que bebem uma garrafa de destilado por dia, conheço pessoas que tomam psicofármacos como se fossem balas, conheço pessoas que tentaram pôr fim à própria vida: uma tentou se enforcar no sótão, mas foi encontrada, outra tomou uma overdose na cama e foi encontrada e levada para o hospital numa ambulância. Conheço pessoas que passaram longos períodos internadas em hospitais psiquiátricos. Conheço pessoas esquizofrênicas, maníaco-depressivas e psicóticas que não conseguem dar um jeito na própria vida. Conheço pessoas amarguradas que culpam outras pessoas pela situação em que se encontram ou pelo declínio que sofreram, muitas vezes em razão de coisas acontecidas dez, vinte ou trinta anos atrás. Conheço pessoas que batem nas pessoas que amam, e conheço pessoas que aceitam qualquer coisa, porque já não esperam muito da vida.

Toda essa dureza e toda essa miséria, todo esse sofrimento e toda essa ausência de sentido também fazem parte da vida e existem por toda parte, mas não é fácil encontrá-los, não apenas porque se originam na vida interior, mas também porque a maioria das pessoas tenta escondê-los, e porque admitir que existem é doloroso: afinal, a vida devia ser luminosa, a vida devia ser leve, a vida devia ser uma criança que corre sorrindo ao longo de uma praia, que sorri para uma câmera no primeiro dia de aula, transbordando de expectativa e entusiasmo.

Acompanhar um filho à escola no primeiro dia de aula, o que espero um dia fazer também com você, é para os pais um momento inesquecível, mas também doloroso, porque lá dentro, naquele lugar onde as crianças vão passar quase todos os dias ao longo dos próximos quinze anos, todos precisam se virar sozinhos. Esse é o principal aprendizado, segundo penso: estar com os outros. O conhecimento em si não é tão importante, porque é uma coisa que cedo ou tarde as pessoas adquirem de um jeito ou de outro. Anos atrás percebi que uma das suas irmãs teve dificuldades, mas não pude fazer nada. Ela queria estar com outras meninas. De vez em quando essas meninas brincavam com ela e ela se via tomada de alegria, e de vez em quando não brincavam com ela, e então ela ficava sozinha no pátio, ou lia sozinha na biblioteca durante o recreio. Não havia nada que eu pudesse fazer. Eu podia falar com ela, mas em primeiro lugar ela não queria falar a respeito, e em segundo lugar o que eu poderia fazer para ajudar? Dizer que ela era uma menina linda, incrível, e que aquele era apenas um episódio sem nenhuma importância no início de uma vida que ainda teria desdobramentos tão ricos que nem ela nem eu poderíamos imaginar naquele momento? Não adiantava nada que eu a achasse incrível se as meninas também não achassem. Não adiantava nada que eu a achasse engraçada e esperta se as meninas também não achassem. Houve uma tarde em que saímos juntos, eu e ela, e ela me perguntou se não podíamos nos mudar. Perguntei para onde. Para a Austrália, ela disse. Pensei que aquele era o lugar mais distante que se podia imaginar. Perguntei por que a Austrália. Ela disse que lá as crianças usavam uniforme na escola. Mas por que você quer usar uniforme?, perguntei. Porque aí todo mundo fica igual, ela disse. E por que isso importa?, perguntei. Porque ninguém diz que as minhas roupas são bonitas quando eu visto roupas novas, ela disse. Mas dizem para todo mundo que vai de roupa nova. Será que as minhas roupas *não são* bonitas?, ela perguntou, olhando para mim. Claro que são, eu disse, desviando o rosto por sentir que meus olhos estavam rasos de lágrimas. Você tem roupas muito bonitas.

Também há dificuldades à sua espera. Mas ainda falta um bom tempo! Agora é dezembro, faltam três meses para o seu nascimento e a seguir vêm anos durante os quais você depende totalmente de nós, vivendo numa espécie de simbiose, até que chegue o dia de agosto em que também vamos mandar você para o seu primeiro dia de escola. Quando você ler este texto, muitos anos já vão ter se passado e esse dia vai ser apenas uma entre muitas outras memórias.

Ontem tivemos uma queda brusca de temperatura, durante a noite a temperatura ficou abaixo de zero, todas as poças d'água congelaram e as janelas do carro amanheceram com uma fina camada de gelo. Antes de me deitar fui até o jardim e olhei para o céu, que estava claro e coalhado de estrelas. Quando entrei em casa, Linda estava deitada na cama, com a barriga meio à mostra. Ela acabou de chutar, disse Linda. "Ela" é você. Será que ela vai chutar de novo? Olhei para a barriga e então, segundos depois, flagrei o instante em que a barriga se avolumou ainda mais, como se tivesse sido atravessada por uma pequena ondulação, mais ou menos como a água ondula quando um animal marítimo se movimenta logo abaixo da superfície. Era o seu pezinho, que lá dentro havia dado um chute contra o teto. Se tivesse nascido hoje, você já poderia sobreviver, mesmo que as chances fossem pequenas. Você já sonha quando dorme e já reconhece os diferentes barulhos que escuta.

Você talvez já tenha começado a ter impressões sobre o mundo aqui fora e, se tivesse a capacidade de refletir, talvez pudesse imaginar que o mundo consiste em um espaço pequeno e escuro cheio d'água no qual você flutua, e que tudo no lado de fora é composto de sons dos mais variados tipos. Talvez pudesse imaginar que esse é o universo, e que você está sozinha nele. E pode ser realmente assim: talvez estejamos mesmo num grande espaço preto cheio de estrelas e planetas, e talvez no lado de fora existam barulhos que parecem vindos de um espaço ainda maior que jamais poderemos explorar mas que, no devido tempo, talvez a partir dos mais longínquos confins do universo, um dia vamos escutar.

É estranho que você exista, mas assim mesmo não saiba nada sobre a maneira como o mundo se apresenta. É estranho que exista uma primeira vez que vemos o céu, uma primeira vez que vemos o sol, uma primeira vez que sentimos o vento bater na pele. É estranho que exista uma primeira vez que vemos um rosto, uma árvore, uma lâmpada, um pijama, um sapato. Na minha vida já não acontece quase nunca. Mas logo vai acontecer. Daqui a poucos meses vou te ver pela primeira vez.

DEZEMBRO

Lua

A lua, essa enorme montanha que de longe acompanha a terra no trajeto ao redor do sol, é o único corpo celeste em nossa proximidade imediata. Nós a vemos à tarde e à noite, quando reflete a luz do sol, que permanece oculto a nós, e assim a lua parece ter luz própria e dá a impressão de reinar sozinha nas alturas. Às vezes parece estar distante, como uma bolinha longínqua, às vezes chega mais perto, e às vezes flutua como um enorme disco luminoso logo acima das árvores, como um navio que se aproxima do porto. Mesmo a olho nu podemos ver que a superfície da lua é irregular: há partes claras e partes escuras. Antes que o telescópio fosse inventado, acreditava-se que as partes claras eram oceanos. De acordo com outra interpretação, seriam florestas. Hoje sabemos que aquelas sombras lá em cima são enormes planícies formadas pela lava que um dia saiu do interior da lua e preencheu as crateras antes de solidificar-se. Quem aponta um telescópio para a lua vê que se trata de um lugar estéril sem nenhuma forma de vida, sem nada além de pedras e pó, como um enorme areal. Não existe sequer um vento que sopre; na lua reina a calmaria, a imobilidade, como a eterna imagem de um mundo antes da vida, ou então de um mundo depois da vida. Será que morrer é daquele jeito? É aquilo o que nos espera? Pode ser. Na terra, rodeados por uma vida exuberante, que se arrasta e voa por toda parte, a morte parece de certo modo reconciliatória, como se também fosse parte de tudo aquilo que medra e cresce, pois é nela que desaparecemos ao morrer. Mas isso é uma ilusão, uma fantasia, um sonho. O nada interestelar, o espaço de vazio absoluto e negrura absoluta, com a solidão interminável e eterna que encerra, do qual a lua, ao parecer-se com a terra, oferece-nos um vislumbre, é o que nos espera ao final. A lua é o olho dos mortos, permanece cega e suspensa no espaço, indiferente a nós e aos nossos, essas ondulações de vida que se erguem e afundam na terra mais abaixo. Mas não precisaria ser dessa forma, porque a lua é tão próxima que se torna possível alcançá-la a partir daqui, como se fosse uma ilha distante. A viagem leva dois dias. E em outras épocas já estivemos bem mais próximos. Hoje são mais de trezentos mil quilômetros a nos separar; quando a lua surgiu, eram apenas vinte mil. Devia ser uma forma gigantesca no céu. Quando aprendemos sobre as impressionantes criaturas que surgiram na terra desde a pré-história até hoje, dotadas das mais estranhas características que possibilitaram a adaptação às mais diversas condições do ambiente que as rodeava, vemos que não seria preciso uma mudança demasiado grande para que pudessem ter surgido criaturas equipadas com as características necessárias à travessia desse curto trajeto no espaço, da mesma forma como a vida na terra sempre venceu as distâncias até as ilhas mais isoladas de maneira a alcançá-las. O equisseto, essa planta primitiva da época pré-histórica: não seria possível imaginar que tivesse desenvolvido volutas capazes de levá-la através da atmosfera para que deslizasse vagarosamente ao longo do espaço, para semanas mais tarde fazer um suave pouso na lua? Ou as medusas — será que não poderiam ter abandonado a água para flutuar no espaço como sinos? Peixes aéreos não pareceriam ainda mais impressionantes do que peixes abissais cegos com luz própria? Para não falar dos pássaros. Nesse caso a vida na lua teria se parecido com a vida na terra, mas assim mesmo seria diferente, como uma versão radical de Galápagos, e os pássaros lunares, quase sem peso, independentes de oxigênio, poderiam ter sobrevoado a terra em revoadas visíveis, lá no alto, como uma série de pontinhos que aos poucos tornavam-se cada vez maiores enquanto deslizavam com asas enormes, da espessura de uma folha de papel, reluzindo sob os raios da lua, como o lar do sagrado e do espanto para as pessoas de outrora.

Água

Todos os dias a água está em cima da mesa, numa grande jarra de vidro. A água é um líquido transparente que reflete a luz, e em si mesmo não tem forma nenhuma: se a sirvo no copo das crianças, no mesmo instante conforma-se ao novo recipiente. Se a derramo, ela escorre pela mesa e talvez pingue no chão, pois essa é a característica marcante da água: ela sempre busca o ponto mais baixo do espaço em que se encontra. Se chove lá fora, as gotas escorrem vagarosamente pela vidraça e chegam ao parapeito, onde se acumulam em diminutas poças antes que gotas desprendam-se e caiam na laje mais abaixo, enquanto a água do copo, que as crianças levam com vontade aos lábios, escorre pelo pescoço delas. Que esse líquido incolor, insípido e informe, facilmente controlável, porque está à mercê do ambiente ao redor, pudesse ter qualquer tipo de relação com as ondas que todo outono e todo inverno se erguem no mar ao longo da costa e açoitam o litoral com força tremenda em um verdadeiro inferno de espuma, movimento e barulho é tão difícil de compreender quanto a relação entre a pequena chama que arde no pavio da vela e os enormes incêndios que se alastram por quilômetros de floresta e aniquilam tudo o que encontram pelo caminho. Mas essa relação existe. A água está em cima da mesa, a água escorre da pia. A água faz com que as ruas brilhem, a terra escureça, os gramados reluzam. A água murmura nos riachos, desce pelas encostas, acumula-se em grandes quantidades no interior da floresta. A água circunda os continentes. Na minha infância, quando o mundo ainda era novo, sentíamo-nos atraídos pela água. Ao lago, ao riacho, à baía. Naquela época nenhum de nós pensava a respeito da água, mas ela nos trazia uma sensação, um entusiasmo, uma coisa inédita e dramática, como uma escuridão. A água era um limite, o mundo acabava naquele ponto, mesmo que se acumulasse como um lago na floresta a poucas centenas de metros das casas iluminadas, ou sob a ponte de concreto nos arredores do pequeno porto, onde nas tardes de março às vezes pulávamos de um pedaço de gelo flutuante ao outro, na empolgação peculiar causada por aquela escuridão azulada, com as botas e as calças pesadas em razão do líquido e as mãos vermelhas em razão do frio. Mais de trinta anos depois eu voltei àquele lugar e reencontrei o meu melhor amigo daquela época. Perguntei se ele lembrava que pulávamos de um pedaço de gelo flutuante ao outro. Ele fez um aceno de cabeça e se mostrou tão surpreso quanto eu ao constatar que realmente fazíamos aquilo: podíamos muito bem ter morrido lá mesmo. E então ele me contou o que tinha acontecido no ano anterior. Ele tinha descido por aquele mesmo caminho, era inverno, no final da tarde, nevava e a visibilidade era ruim, ele atravessou a ponte e lá, no fundo da água preta, viu uma luz. Ele se inclinou para enxergar melhor, que diabos podia ser aquele brilho lá no fundo? Era um carro que tinha caído da ponte, o acidente devia ter acabado de acontecer. Ele chamou a ambulância, o socorro chegou, mergulhadores foram até o carro e resgataram o motorista, mas ele tinha se afogado.

O carro foi retirado no dia seguinte, e mesmo que eu não tenha visto nada disso, a imagem surgiu muito nítida para mim, a maneira como a água escorria de todas as aberturas na carroceria daquele carro suspenso no ar e chapinhava ao cair na superfície, onde os flocos de neve derretiam-se.

Corujas

Enquanto o rosto de outras aves de rapina é afunilado, e de certa forma aerodinâmico, como uma extensão do corpo em pleno voo e o bico como a ponta de uma flecha, o rosto das corujas é achatado e redondo, e o bico pequeno, não muito diferente de um nariz. Os traços planos e arredondados são ainda mais realçados pelo círculo de plumas que o envolve, e o espaço que dessa forma parece ser aberto para o rosto, mais ou menos como uma clareira na floresta, faz com que o rosto das corujas pareça estar nu, quase como o rosto de um velho. Provavelmente é esse o motivo para que nas crenças populares a coruja apareça como um pássaro sobrenatural, ligado aos mortos: ouvir o canto de uma coruja perto de casa é um prenúncio de morte. As outras aves de rapina são simples aves de rapina. Mesmo que se diga que uma águia é capaz de levar crianças pequenas, e que portanto esses pássaros sejam considerados perigosos, a águia nunca foi um pássaro sobrenatural. Isso porque a águia representa-se a si mesma, a forma e o modo de agir daquele animal constituem uma unidade, e essa unidade, por mais que seja pavorosa — como quando as garras poderosas estraçalham um corpo, o bico amarelo ganha manchas vermelhas de sangue e os olhos fixos parecem frios e desalmados —, é também previsível. O elemento sinistro está ligado à imprevisibilidade, à ambivalência, a tudo aquilo que se encontra entre uma coisa e outra. A coruja é uma ave de rapina, mas o rosto dela parece o de um velho. E mesmo que os olhos da coruja sejam fixos, são também grandes e redondos, e, ao contrário de todos os demais pássaros, as corujas têm pálpebras, e assim piscam os olhos. Uma vez eu vi uma coruja num zoológico e, mesmo que eu não tenha sofrido nenhum choque ao vê-la piscar, aquele momento causou-me um abalo. Eu nunca tinha percebido que os pássaros não piscam. Quando aquela coruja, que era um bufo-real, grande como uma criança de colo, de repente piscou, foi como se deixasse de ser um pássaro e se transformasse numa pessoa. Somado à absoluta tranquilidade da coruja, aquilo me deu a impressão de que ela sabia de alguma coisa, de que detinha uma forma de conhecimento mais profundo e mais verdadeiro do que tudo aquilo que tínhamos ao nosso redor: o caminho asfaltado entre as jaulas, os quiosques que vendiam sorvete, refrigerante e cachorro-quente, os pais que puxavam carrinhos com mochilas ou crianças dentro. Por isso a coruja na mitologia romana é a companheira de Minerva, a deusa da sabedoria, da música e da poesia. Quando escreveu que a coruja de Minerva só começa o voo com a chegada do crepúsculo, Hegel estava pensando na sabedoria. Essa afirmação pode ser um comentário sobre a sabedoria ou o insight que sucede os fatos como a noite sucede o dia, mas também uma insinuação de que a sabedoria pertence à noite, à escuridão, àquilo que dorme, àquilo que se encontra próximo da morte, porém não está morto, justamente esse limiar em que, segundo a crença popular, a coruja se movimenta quando, ao soltar um grito, anuncia a chegada da morte no mundo dos vivos. Seria possível dizer que as corujas, no contexto mitológico da poesia, têm origem na mesma representação desse limiar. O mais impressionante a respeito das corujas, no entanto, não é aquilo que representam, mas aquilo que são, em si mesmas, enquanto pássaros. Nada do que se percebe no comportamento das corujas, nesse limiar em que parecem existir, pertence à essência das corujas, que consiste na indiferença e no instinto das aves de rapina. As corujas vivem às custas de matar pequenos animais, que despedaçam com as garras e a seguir devoram por inteiro. As partes não digeridas, como ossos e pele, as corujas regurgitam em bolas características que são encontradas no chão da floresta. Tudo a respeito das corujas está voltado a essa finalidade, inclusive as plumas que circundam o rosto, uma vez que essas plumas concentram o som, mais ou menos como as antigas trombetas acústicas, visto que as corujas se orientam e caçam principalmente através do som. Os ouvidos das corujas são assimétricos, para que assim possam localizar com maior precisão a origem dos sons. A visão noturna das corujas é até cem vezes melhor do que a nossa, e a plumagem é tão macia que o voo se torna praticamente silencioso. É assim que elas conseguem atravessar a floresta na mais absoluta escuridão sem bater em troncos ou galhos até encontrar a presa, que não pressente nada enquanto as garras não fizerem o primeiro corte. A coruja não é nada além disso: uma ave de rapina silenciosa e eficiente. Se a verdadeira tarefa da poesia é a revelação, então essa é a revelação que devia fazer: que a realidade é aquilo que é. Que a floresta, com os abetos e o chão coberto pela neve, é real. Que o crepúsculo que cai é real. Que a coruja que alça voo a partir de um galho em direção à terra é real. Que o silencioso bater de asas é real, e que as ondas sonoras a nós invisíveis e inaudíveis que chegam aos ouvidos das corujas são reais. Que a mudança súbita no percurso é real, que o mergulho rumo ao chão com as garras à frente do corpo é real, que o ratinho que as garras perfuram é real. Que o vermelho do sangue na pelagem acinzentada é real quando as asas ruflam e a coruja alça voo pela escuridão em meio às árvores, para então desaparecer no instante seguinte.

Macacos-d'água

Não existem muitas diferenças entre os seres humanos e os outros mamíferos, e a maior parte das que existem são diferenças de grau, como por exemplo a linguagem, que nos seres humanos desenvolveu-se em um sistema complexo ao extremo, mas que também existe entre os macacos, gatos, golfinhos, cavalos e cachorros — inclusive entre criaturas muito distantes de nós como as abelhas —, ainda que de forma radicalmente simplificada. O uso de ferramentas, que a humanidade desenvolveu em grau elevado a ponto de construir máquinas que substituem o trabalho do corpo, também existe entre os animais, mesmo que em variantes bem mais primitivas. Temos as mesmas necessidades de ar, água, sol e alimentos, produzimos os mesmos dejetos, que saem pelos mesmos orifícios do corpo, temos as mesmas sensações básicas de fome, sede, calor, frio, o mesmo impulso de procriar e provavelmente os mesmos sentimentos complementares que não levam a nenhum tipo de ação e portanto são quase supérfluos de satisfação, alegria, tristeza e desejo. Se um pássaro é capaz de sentir um aperto no peito ao ser abandonado, não sabemos, mas em relação a um cachorro não temos nenhuma dúvida. Nem mesmo a grande diferença entre a humanidade e os outros mamíferos, o fato de que o corpo humano, ao contrário do corpo de todos os outros mamíferos, é desprovido de pelos, é uma diferença absoluta, pois tanto o elefante como o rinoceronte têm pele, não pelagem, e o mesmo vale para quase todos os mamíferos aquáticos, como os golfinhos, as focas e as baleias. A questão é saber por que justamente os seres humanos, os golfinhos e os elefantes não têm pelo, enquanto quase todos os demais animais têm, inclusive os macacos, nossos parentes mais próximos. Na década de 30, o patologista alemão Max Westenhöfer lançou a hipótese de que a humanidade vinha de uma linhagem de macacos expulsos da vida nas árvores, uma teoria de aceitação unânime, mas, ao contrário da ideia até então aceita na paleoantropologia, segundo a qual esses macacos teriam vivido no chão, em locais similares às savanas, para depois se transformar em seres humanos ao longo de centenas de milhares de anos, Westenhöfer acreditava que esses macacos haviam sido levados ainda mais longe e começado a viver na água, e que muitos dos traços especificamente humanos remontariam a essa adaptação inicial dos hominídeos a uma vida na água, embora tenham sido mantidos mesmo após o retorno a terra. A teoria não causou muito impacto, e a ideia manteve-se longe da esfera pública até os anos 60, quando Sir Alister Hardy, um biólogo marinho britânico, de maneira totalmente independente em relação a Westenhöfer, apresentou uma teoria similar, de acordo com a qual os macacos teriam se transformado em criaturas semiaquáticas que viviam em rios e praias, mais ou menos como as lontras ou os hipopótamos. Por que mais a humanidade teria desenvolvido um corpo desprovido de pelos, que não traz nenhuma vantagem em terra? Por que mais as crianças humanas levam perto de um ano para aprender a andar, ao contrário do que ocorre com todos os outros mamíferos? Por que mais as crianças humanas teriam o reflexo inato de prender a respiração quando são postas debaixo d'água? A mudança da terra para o mar não seria inédita na história da evolução — as baleias são descendentes de animais terrestres que tinham parentesco com as ovelhas, as cabras e os cervos de hoje, que aos poucos acostumaram-se a uma vida na água e por fim abandonaram a terra por completo, e as focas passaram pelo mesmo processo quando deixaram de ser um animal terrestre para transformar-se em um animal aquático cerca de cinquenta milhões de anos atrás. De acordo com essa teoria, os hominídeos, que viviam à beira-d'água e retiravam quase toda a comida do mar, de rios ou de lagos, teriam, ao longo de um processo infinitamente vagaroso, como todas as transformações evolutivas, se adaptado cada vez mais a uma vida aquática. De acordo com essa teoria, esses hominídeos logo começaram a passar o tempo inteiro chapinhando, nadando e mergulhando na água, e ao final de centenas de milhares de anos estavam irreconhecíveis em relação aos macacos, porque tinham filhotes na água, eram totalmente desprovidos de pelos, muitos dos machos sem nem ao menos cabelos, como focas, dotados de um nariz alongado que protegia o sistema respiratório contra a entrada de água e duas pernas longas, como remos, que terminavam em pés largos e achatados. Esse foi um momento decisivo, pois se os macacos-d'água tivessem feito como as baleias e as focas e permanecido na água, por fim teriam abandonado as últimas amarras que os prendiam à terra e nadado rumo ao mar, onde hoje poderíamos vê-los: grupos de centenas de mamíferos aquáticos humanoides deslizando pela água, ou então deitados nos escolhos, com membranas entre os dedos dos pés e das mãos, de corpo inteiramente liso e pálido, com pernas e braços longos e finos e caixas torácicas largas para comportar os enormes pulmões, muitos também gordos, com enormes dobras cutâneas, tagarelando num idioma estranho, como que alongado, quase melodioso.

Primeira neve

Para quem tem crianças em casa, a primeira neve é um evento muito aguardado. Mesmo aqui, no sul da Escandinávia, onde os invernos são totalmente ou pelo menos em parte livres de neve, a expectativa em relação à neve é grande. As crianças esperam por um inverno, e acima de tudo por um Natal, com neve, mesmo que só tenham vivido um único inverno com neve de verdade. Que a imagem do inverno mostrada em filmes e livros sobreponha-se aos dias de chuva e vento observados na realidade e pareçam mais verdadeiros do que estes últimos nos diz muito sobre o mundo das crianças, que muitas vezes se abre para coisas diferentes daquelas que de fato existem, e que além disso é repleto de esperança.

Na tarde de ontem a chuva deu lugar à neve. Grandes flocos úmidos caíram do céu escuro, que de repente foi tomado por uma avalanche de movimento logo registrado pelas crianças. Está nevando!, elas disseram, e então se postaram em frente à janela. A neve não chegava a se acumular, simplesmente derretia no momento em que tocava o chão. As crianças saíram para o pátio e olharam para o cinza impenetrável de onde os flocos brancos caíam, mas não tinham nada o que fazer com aquilo, então logo tornaram a entrar. Passado um tempo, a neve começou a se acumular na estradinha de pedra, que aos poucos foi coberta por uma fina e reluzente camada de neve e gelo. Nos pontos onde a concentração era maior a neve tinha uma coloração cinza--esbranquiçada, e nos pontos onde tinha derretido haviam se formado poças diminutas. No gramado, que parecia surpreendentemente verde e bonito no meio de todo aquele cinza, surgiam aqui e acolá listras compridas de uma substância branquicenta. Depois a temperatura deve ter subido de leve, porque os flocos de neve tornaram-se mais cinzentos, já próximos do limite para transformarem-se outra vez em chuva, enquanto as nuvens brancas acima do gramado tornaram-se cada vez mais insignificantes até por fim desaparecer. Enquanto jantávamos a chuva caía lá fora, e a única lembrança da neve, a única esperança de trenós e cavernas de neve, eram listras cinzentas que cintilavam em cima das pedras.

Hoje pela manhã, enquanto eu dirigia para deixar as crianças na escola por aquele cenário úmido em meio aos terrenos marrom-escuros, quase pretos, e também os campos amarelados, pensei que o que tinha acontecido, e que não havia deixado nenhum rastro, tinha sido uma manifestação própria desse sentimento de incerteza, de dúvida, de hesitação, porque havia um elemento muito reconhecível naquele processo. O inverno não tinha praticamente confiança nenhuma após o triunfo do verão e a limpeza resoluta promovida pelo outono, pois o que era o inverno, com a neve e o congelamento dos lagos, senão um reles exibicionista? Transformar a chuva em neve e a água em gelo era tudo de que o inverno era capaz, o que no fundo não era nada, porque essa transformação não era duradoura, não era substancial, mas se manifestava apenas nas aparências. O verão, com toda a luz e todo o calor, fazia com que as plantas crescessem, um milagre recorrente e sem dúvida um valor duradouro, porque resultava em comida para animais e pessoas e assim mantinha a vida na terra. Mas e a neve? E o gelo? Essas coisas dificultavam a vida! Tudo bem que eram bonitas, e tudo bem que serviam como diversão para as crianças, mas era difícil enxergar nelas um valor real. Por acaso o inverno não era meio como um diretor de circo em trajes puídos, meio embriagado, que viajava com trailers e motor homes, oferecendo diversão por horas durante as quais os espectadores prendiam a respiração de medo e balançavam a cabeça de admiração, quando na verdade não havia nada a temer e nada a admirar? Por outro lado, pensou o inverno, nevar é tudo o que sei fazer. E sei fazer isso muito bem. Por que me comparar ao verão? Somos como o dia e a noite, como o sol e a lua. E, sem a neve, quem seria eu? Ninguém. Nesse caso eu não seria ninguém. Nesse caso a porcaria do verão triunfaria por toda a eternidade. Nesse caso ninguém ofereceria resistência àquele idiota cheio de si.

Então o inverno decide nevar. Não de leve, não com hesitação, não de forma cautelosa, pois agora sabe que a neve é tudo o que tem a oferecer, e agora quer mostrar a que veio. O inverno vai cobrir toda a paisagem de neve, em várias camadas, de maneira que todos se esqueçam do verão e pensem que não existe nada além do inverno. Vai realmente encher tudo de neve e de frio. Ah, tudo vai congelar e tornar-se escorregadio, e as pessoas vão ter que usar pás e limpa-neves! As escolas vão ter de fechar, os carros vão cair nas valas à beira da estrada e punhos vão ser brandidos contra o céu numa imprecação contra o inverno.

E assim começa a nevar. Mas, quando o céu se enche, o inverno percebe que é apenas um coitado, percebe que é pequeno, e por um tempo esforça-se para aumentar a pressão, lançando turbilhões de neve ainda mais rodopiantes, o que parece apenas mais idiota, afinal o que as pessoas vão pensar, que tipo de imbecil vaidoso espalha pó branco pelo mundo inteiro achando que com isso é capaz de mudar o que quer que seja? A neve é *nada*. A neve *é* nada! O que se torna então o inverno, senão um ninguém? Mas talvez não seja tarde demais. Se a neve derreter assim que tocar o chão, talvez ninguém a perceba. E a neve derrete assim que toca o chão. E o inverno se recolhe, envergonhado. A neve que cai dá lugar à chuva. Logo todos os indícios de que acabou de cair desaparecem. Por dias, por semanas, o inverno amaldiçoa a si mesmo enquanto deixa que o outono assuma o comando com temperaturas amenas, chuva e vento. E então, devagar e de forma quase imperceptível, o inverno sofre uma transformação, uma parte do orgulho de ser o que é retorna, o inverno sente falta de agir, sente falta de extravasar sua verdadeira natureza, e então começa a ansiar pelas planícies que cintilam cobertas de neve, pelas cabanas nevadas no coração da floresta, pelos montes de neve na beira da estrada. Dessa vez o inverno parece tranquilo, não um fanático nervoso como no ano passado — o que teria acontecido? —, e é assim que, seguro de si e de seus assuntos, faz com que a neve mais uma vez caia, agora sobre o chão já coberto pela geada, que impede que um único floco derreta e desapareça.

Aniversário

Todos os dias eu acordo entre as quatro e as cinco para trabalhar por umas horas antes que as outras pessoas da casa acordem. Hoje fiquei na cama até as sete. Fiz isso porque hoje é o meu aniversário. Não porque eu quisesse me recompensar dormindo até mais tarde, mas porque eu não queria decepcionar as crianças, que sempre esperam cheias de expectativa pelos rituais de aniversário, que sempre entram em fila no quarto pela manhã, cantando parabéns a você, trazendo uma vela acesa e uma bandeja com café da manhã e presentes. Passei um tempo acordado na cama e ouvi enquanto preparavam isso e aquilo na cozinha, e em seguida ouvi uns sussurros mais intensos pouco antes que os passos soassem na escada e a música começasse. Fechei os olhos e me ajeitei na cama como se estivesse cochilando quando as crianças entraram. Feliz aniversário!, disseram todas para mim. Depois as crianças ficaram me olhando enquanto eu abria os presentes. Eu mesmo os havia comprado no dia anterior em Ystad e entregado tudo para Linda ao entardecer. Um par de luvas de couro e um blusão marrom grosso. Que presentes bonitos!, eu disse. Muito obrigado! Quando a cena terminou, as crianças perderam o interesse e logo desceram. Não gosto de tomar café da manhã na cama porque isso vai contra um sentimento forte em relação ao lugar de cada coisa, então assim que as crianças saíram do quarto me levantei, me vesti, levei a bandeja até a cozinha e engoli um pão ainda de pé em frente à bancada antes de levar a caneca de café para a sala de jantar e me sentar à mesa, onde as crianças estavam tomando o café da manhã. Para elas, o aniversário é um dos grandes eventos do ano, talvez o maior de todos. Nada me faz mais feliz do que acompanhá-las nessa experiência de ser o centro das atenções por um dia inteiro, nesse sentimento de que aquele é o dia delas, na alegria que isso traz. O meu aniversário já não significa mais nada a não ser o tempo que se acumula ao meu redor de uma forma específica, uma vez que retorna a cada ano e, ao contrário de todas as outras datas recorrentes, é bastante marcada. É como se naquela manhã eu me levantasse em um espaço que visitei uma vez por ano desde as minhas primeiras lembranças. Reconheço as variações da luz naquele dia, a temperatura no ar, as diferentes condições do cenário, se é um dia de chuva, neve, sol ou neblina, e tudo desperta uma série de recordações. Não em relação a fatos, mas em relação a atmosferas. Como agora, quando a escuridão azulada do outro lado da janela aos poucos desvanece, e eu me lembro de como era estar sentado na carteira naquele dia, vendo a escuridão azulada no pátio da escola desvanecer. Como um velho amigo da família que ao fim de muitos anos reaparece de repente, a atmosfera daquela outra época me atinge com um golpe ligeiro e atrevido no rosto antes de mais uma vez desaparecer.

Tive essa experiência quarenta e cinco vezes no dia 6 de dezembro. Se eu não sofrer um acidente e não tiver nenhuma doença grave, devo vivê-la por mais umas trinta vezes. E então me ocorre pela primeira vez que a vontade de viver talvez seja adequada aos dias, que morremos aproximadamente quando todas as possibilidades de variação em um dia se esgotam. Quando todo o espaço é ocupado pelas lembranças e já não se pode imaginar nada de novo. Deve ser isso que está por trás da expressão "até o fim dos dias".

Moedas

As moedas são pequenos discos de metal com números, letras, padrões e em geral um rosto ou um brasão. É assim que as moedas têm sido desde tempos imemoriais; uma moeda da Roma antiga não tem nenhuma diferença substancial em relação às moedas de hoje. As moedas são um meio de pagamento: originalmente o valor estava no próprio metal, com frequência prata ou cobre, mas também ouro, ao passo que hoje o valor das moedas não tem relação com as próprias moedas, mas apenas com a grandeza abstrata que representam. Isso faz com que as moedas sejam uma variante especial da ficção. Quando lemos um romance ou assistimos a um filme ou a uma peça de teatro, aquilo que lemos ou assistimos é uma coisa para além de si mesma, e para que a representação ganhe sentido é preciso que acreditemos nela. Mas essa crença não abandona a obra, que instaura um mundo à parte no mundo, e essa crença tampouco é absoluta, porque sabemos o tempo inteiro que aquilo a que assistimos ou lemos não é real, mesmo que para atribuir-lhe sentido estejamos dispostos a fingir que é. Com as moedas a ficção é mais radical, porque a crença de que aquilo é outra coisa — que nem ao menos é absoluta, uma vez que sabemos o tempo inteiro que a moeda não tem valor nenhum em si mesma — tem consequências na realidade, e essas consequências não são ficções, mas acontecimentos reais.

Toda a sociedade se baseia em uma crença na ficção das moedas, e, no momento em que essa crença cessa, a sociedade entra em colapso, como ocorreu na Alemanha durante a década de 30, quando de repente já ninguém mais acreditava que o dinheiro tinha valor, o que o levou a perder totalmente o valor.

As moedas são guardadas a princípio no bolso, ou então num compartimento da carteira, mas, como em geral representam valores baixos, muitas pessoas têm uma relação meio despreocupada em relação a elas, e assim as deixam por exemplo em cima da máquina de lavar roupa ou na prateleira do espelho quando esvaziam os bolsos antes da lavagem para depois as esquecer por completo, ou então as largam no aparador, onde costumam ficar as chaves do carro, quando estão meio irritadas com o peso enorme das moedas acumuladas no bolso que o tempo inteiro lhes baixam as calças uns poucos centímetros. Por serem pequenas e, em relação ao tamanho, pesadas, as moedas deslizam com relativa facilidade para fora dos bolsos diagonais quando nos sentamos, e assim, de maneira imperceptível, acabam nas profundezas do sofá ou da poltrona, ou então acabam no chão quando nos despimos à noite e penduramos as calças no encosto de uma cadeira. Portanto não é estranho que se encontrem moedas antigas por todos os lugares da terra onde pessoas viveram: elas são mesmo indomáveis.

Para um escritor que vive de criar ficções, é curioso perceber a forma como as moedas se espalham ao redor, em casas e mãos, em balcões e caixas, porque esses objetos são dotados de uma força imensa, uma vez que o tempo inteiro trocam o próprio valor simbólico por um valor real, o tempo inteiro movimentam-

-se do reino da fantasia para o mundo da realidade e vice-versa, ao mesmo tempo que, consideradas em si mesmas, parecem objetos pequenos e modestos. Nessa perspectiva somos todos autores: com nossas moedas, criamos uma sociedade inteira com o poder da imaginação. Um papel central foi desempenhado pelos motoristas de ônibus, que na década de 70 carregavam uma bolsa cheia de moedas pendurada no ombro, pesada e tilintante, onde as moedas eram guardadas em tubos de metal, as de cinco coroas num, as de uma coroa noutro, as de cinquenta *øringer* num terceiro, tudo ligado a um mecanismo que as liberava mediante uma leve pressão feita com o polegar, um gesto rotineiramente executado com graça e propriedade pelo motorista que andava em meio às fileiras de assentos, ou então permanecia sentado atrás do volante com a cabeça voltada para a porta aberta por onde os novos passageiros entravam, sempre tranquilo, sempre confiante, um verdadeiro rei da ficção, um verdadeiro Homero das moedas.

Christina

O rosto de Christina é alongado e estreito, tem uma tez pálida, com sardas, e os cabelos dela são castanhos. Os olhos também são castanhos. Mesmo que essa paleta de matizes coesos — que vão desde o brilho absoluto do branco nas laterais dos olhos e o castanho-claro da íris até os tons mais opacos como o branco da pele e o marrom desbotado, quase bege das sardas — seja geneticamente determinada, uma coisa que ela tem ou é a despeito de si mesma, a impressão causada é de que tudo convém a ela, porque o tino para cores e formas é uma de suas características mais notáveis. Christina sempre se veste com estilo, até mesmo nos detalhes, sem nenhum grande investimento de tempo ou de energia. O que mais chama a atenção no rosto dela é a parte de baixo, um pouco saliente, marcada pelos sulcos que vão das laterais do nariz até os cantos da boca, meio como parênteses que separam os lábios das bochechas. Os lábios são finos, e com frequência entreabrem-se de maneira a revelar os dentes. Essa irregularidade, segundo a qual a boca somente pode ser fechada por meio de um esforço adicional que precisa ser lembrado, cria uma certa tensão no rosto, onde aquilo que em geral expressa repouso é resultado de esforço, e aquilo que parece ser resultado de esforço é na verdade repouso. O nariz também é pequeno, e as maçãs do rosto são altas, com a pele como que esticada por cima. Tudo isso confere àquele rosto um caráter decisivo, sem que você jamais tenha a impressão de que reflete a personalidade dela, de que ela própria talvez fosse uma pessoa decisiva, porque Christina tem um quê de ternura no olhar e uma presença agradável. Quando interage com outras pessoas, raramente fala de si, quase sempre fala sobre elas. Essa consideração deixa marcas em tudo o que ela faz, e também na pessoa que é: Christina é o tipo de pessoa que coloca os outros antes de si mesma. É uma pessoa que deseja que os outros sintam-se bem. Mas, no que diz respeito a si mesma, com frequência penso que não parece sentir-se bem. A satisfação não costuma se encontrar no leque de situações expressas por aquele rosto. Nele, vi poucas vezes aquilo que antigamente se costumava chamar de "paz de espírito". A paz de espírito surge quando existe um equilíbrio entre o interior e o exterior, quando tudo o que é interior movimenta-se à vontade pelo exterior e vice-versa. Com Christina, é como se houvesse sempre um elemento contido, como se ela nunca se deixasse levar, e a energia dessa contenção e desse controle deixam marcas na presença dela, que, por mais delicada e agradável que seja, por mais atenciosa e abnegada que seja, é também sempre repleta de tensão, com uma certa rigidez no rosto, com uma certa premeditação nos movimentos, como se a alma dela tivesse de conformar-se a um molde que não lhe é próprio, meio como aquilo que se observa em certos cavalos, nos quais o contraste entre o corpo forte e opulento, capaz de uma velocidade, uma selvageria e uma coragem impensáveis, e a disposição tímida, extremamente suscetível e contida é tão grande que chega a parecer desarrazoado, o que nos leva a sentir um anseio em nome daquele animal, um anseio pelo abandono de todas aquelas selas, arreios, baias e cavalariças, todos aqueles exercícios e comportamentos ensaiados para simplesmente correr, livre de tudo e de todos, inclusive de si.

Cadeiras

As cadeiras são onde nos sentamos. São compostas de quatro pés que sustentam um assento, a partir do qual se ergue um encosto. Todos esses elementos podem ser executados de diferentes maneiras em diferentes materiais, porém a forma básica permanece inexoravelmente a mesma: na ausência de qualquer um desses elementos, como por exemplo o encosto, já não se trata mais de uma cadeira, mas de outra coisa — nesse caso, um banco. A cadeira tem parentesco com o sofá, no qual também nos sentamos, mas ao mesmo tempo encontra-se radicalmente distante deste, pois a cadeira é um assento individual, onde cada pessoa senta-se a sós, e essa característica é parte essencial de seu caráter. A cadeira nos emancipa, funciona como uma pequena ilha no recinto, um lugar ao qual ninguém mais tem acesso enquanto lá permanecermos. Dito de outra forma, a cadeira tem sempre um caráter intimidatório, mesmo que a princípio esteja aberta a todos. Essa forma, na qual uma única coisa é ao mesmo tempo aberta e intimidatória, existe por todos os lados na sociedade, onde para todos os cargos existem sempre muitos candidatos, que a princípio podem todos obtê-lo, embora no fim o cargo vá pertencer somente a um. A dança das cadeiras, uma brincadeira presente em inúmeras festas infantis, é de certa forma um exercício realístico que prepara as crianças para os processos de seleção que as esperam mais tarde. A brincadeira consiste em dispor uma série de cadeiras em círculo, sempre com uma cadeira a menos do que o número de crianças que caminham ao redor enquanto uma música é tocada. Quando a música para, todas as crianças sentam-se nas cadeiras, a não ser uma, que acaba em pé. Essa criança é eliminada da brincadeira, que prossegue após a remoção de mais uma cadeira, de maneira que as crianças que permanecem estejam sempre em número maior. A brincadeira termina quando a última criança senta-se na última cadeira, como um rei no trono. A essência da cadeira é tão impregnada de independência que seria impensável que dois adultos dividissem a mesma cadeira, seja um ao lado do outro, seja um sentado no colo do outro. As crianças podem fazer isso, porém não os adultos. Mesmo um casal de namorados sentiria desconforto ao fazer isso na frente de outras pessoas, embora pudessem estar sentados muito próximos um do outro em um sofá.

A cadeira é um símbolo de poder, o rei tem um trono, o chefe tem uma cadeira imponente, os professores têm cadeiras na academia. Mas a cadeira também é uma coisa que todo mundo tem em casa, onde todos, de recém-nascidos a velhos, sentam-se, todos os dias. E, como tudo aquilo que é usado com frequência pelo corpo, de escadas e maçanetas, torneiras e xícaras a mesas e controles remotos, *dispensers* de sabonete líquido e cabides, aquela cadeira específica, com aquela aparência específica, escapa à nossa atenção — quando entramos num recinto com cadeiras, sabemos que as cadeiras estão lá, mas em geral elas não chegam a atingir nossa consciência e tornar-se um pensamento formulado às claras. É como se vivêssemos num mundo de sombras. E é dessa constatação que Ingmar Bergman tira proveito quando, no filme *Fanny e Alexander*, faz com que o pai, magistralmente interpretado por Allan Edwall, encante as crianças no quarto durante o Natal simplesmente puxando uma cadeira. Vocês acham que isso é uma cadeira comum?, ele pergunta, e então faz uma pausa. Pois não é, ele continua. E então ele conta a fantástica história daquela cadeira. Em outros tempos, havia pertencido à imperatriz da China, diz ele, e então as crianças o encaram boquiabertas, com os olhos brilhando. Quando o pai termina e põe a cadeira de volta no lugar, junto à parede, compreendemos que a cadeira está transformada, e que assim vai permanecer aos olhos das crianças, para sempre. Nunca mais aquela cadeira vai ser uma simples cadeira. É uma cena bonita, mas também sentimental, e pelo menos para mim é difícil concordar com a moral que apresenta, porque a cadeira na verdade é apenas uma cadeira, o que faz com que pareça cintilar na escuridão do quarto das crianças não é verdadeiro, não está na cadeira, não tem nada a ver com a cadeira, não passa de uma fabulação. A cena destoa muito de tudo aquilo que Ingmar Bergman tinha representado até então em seus filmes, nos quais tenta o tempo inteiro retirar as ilusões do mundo, ver para além delas e criar imagens do mundo da maneira como é. Talvez *Fanny e Alexander* possa ser mais bem compreendido como uma fábula em que vemos o embate entre duas forças opostas, as que acrescentam e as que subtraem, na qual Bergman se vê como uma das forças que acrescenta a partir da consciência de que toda criação, seja realística ou não, seja minimalista ou não, consiste sempre, invariavelmente, em acrescentar o que antes não estava lá. E, para as crianças no quarto, a cadeira não há de mais tarde cintilar em razão das histórias contadas pelo pai, mas em razão de que foi o pai quem lhes contou aquelas histórias, pois logo após essa cena ele morre, e assim podemos imaginar que é isso o que ele deve então passar a ser, que é assim que as crianças hão de lembrá-lo toda vez que olharem para a cadeira, que ele era uma dessas raras pessoas que fazem o mundo se abrir, e não se fechar.

Refletores

Uma característica essencial dos bichos sempre foi misturar-se à noite. Durante o dia, quando podem ver tudo aquilo que se movimenta ao redor e comportar-se de acordo, certos bichos parecem muito chamativos em razão das cores vibrantes e do barulho que fazem, porém à noite tudo o que importa são a imobilidade, a invisibilidade e a inaudibilidade. Todas as formas de vida encontram-se de uma forma ou de outra sujeitas a essa condição. E assim tem sido na terra há milhões de anos. Nessa perspectiva, o perigo representado por um carro ou por um trem são de tal forma recentes que nem sequer deixaram marcas nos padrões de comportamento dos animais. Em cenários com estradas e ferrovias, não ser visível à noite pode significar uma morte violenta e repentina. Quando dirijo daqui até Malmö pela manhã, com frequência vejo animais mortos na estrada, principalmente porcos-espinho, texugos e gatos, mas também uma que outra raposa. Sinto uma pontada no coração ao me deparar com essas visões, mas não me entrego a essa pequena tristeza; logo penso em outra coisa. Antes de tirar a carta de motorista eu não sabia o quanto era difícil enxergar vultos na estrada em meio à escuridão. Nem que uma pessoa sem refletores é a princípio invisível. Todas as campanhas pelo uso de refletores, que antes me pareciam exageradas, como parte de uma cultura cada vez maior da segurança que impedia o desenvolvimento natural das crianças ao encarar tudo como um risco em potencial, me parecem hoje totalmente justificadas. E mantenho-me sempre na pista do meio quando dirijo no escuro. Foi o que fiz também ontem. Às dez horas da noite estávamos voltando de Simrishamn, onde uma das nossas filhas tinha participado de uma peça de teatro natalina assistida por todo o restante da família. Estávamos em seis pessoas no carro, a noite estava muito escura, mesmo que o céu estivesse coalhado de estrelas, e eu dirigia em alta velocidade, uma vez que conhecia a estrada como a palma da minha mão. Campos de ambos os lados, totalmente ocultos pela escuridão, a não ser pelos pontos em que as luzes das casas abriam o cenário. Longos trechos em linha reta nos quais eu podia dirigir a cem, cento e vinte quilômetros por hora, a não ser por vilarejos ocasionais onde o limite de velocidade era cinquenta. Depois de passar por Hammenhög, estávamos atravessando as planícies. De repente uma corça surgiu correndo sob a luz dos faróis. Freei de repente e consegui desviar da primeira, mas não da segunda. O carro a atingiu na metade posterior do corpo. O animal foi arremessado à frente com uma brutalidade indescritível. A colisão contra o carro tirou-o do trajeto original e lançou-o em outro, um novo trajeto distorcido e deformado, com as patas traseiras viradas para cima, as patas dianteiras e a cabeça jogadas contra o asfalto, para então fazê-lo desaparecer no instante seguinte. Parei o carro num recuo de ônibus à beira da estrada e voltei aquele mesmo trecho a pé, mas a princípio não enxerguei o animal. Será que tinha conseguido se recuperar? Será que tinha conseguido fugir? Em seguida percebi uma silhueta no chão, e depois de observá-la por um tempo percebi que era a corça. Estava deitada como se repousasse, ainda viva, porque tinha a cabeça erguida e o corpo tremia de leve. Peguei o celular e liguei para a polícia. A pequena tela se iluminou com um brilho forte em meio à escuridão. Eu disse o meu nome enquanto olhava para o contorno cinzento e trêmulo na beira da estrada, até que aquilo se tornou insuportável e eu ergui os olhos em direção ao céu, que estava repleto de estrelas cintilantes.

Canos

Pelos canos escorre tudo aquilo que é líquido. Os canos existem em todos os tamanhos e são feitos de todos os materiais, desde canos gigantescos de concreto que transportam a água de represas às turbinas das hidrelétricas até os minúsculos canos que levam sangue de um lugar ao outro pelo corpo. A principal característica de um cano é ser um cilindro oco, longo e aberto em ambas as extremidades. Graças às paredes sólidas, o cano dá uma forma, reúne e concentra o líquido que transporta, de maneira que este não possa comportar-se de acordo com as leis que em outras situações governam os líquidos e fazem com que escorram, se espalhem, molhem e desapareçam. O cano tem parentesco com a calha, que é uma espécie de cano aberto, um cano sem tampo, por onde aquilo que é líquido escorre a olhos vistos, e também com o fio, que é uma espécie de cano sem espaços vazios por onde aquilo que não flui, mas que tampouco é sólido, e mal tem dimensões, mas assim mesmo se movimenta, como a eletricidade, é levado de um ponto a outro. Juntos, esses três — o cano, a calha e o fio — conectam todas as nossas construções e formam enormes redes físicas que se enrolam como serpentes ao redor do mundo, tanto acima como abaixo da terra. E é assim que asseguram a nossa liberdade, é assim que podemos ser autossuficientes em nossas casas, sem que precisemos dispender tempo e esforço buscando aquilo que nos é útil, como água para lavar as mãos ou as notícias do dia, ou ainda descartando aquilo que já cumpriu sua função, como os nossos excrementos ou a água do banho. Por outro lado, também revelam a nossa dependência, pois o que é o cano que desemboca na torneira senão um prolongamento da garganta, o que é o cano que escoa a água da privada senão um prolongamento da nossa bexiga e do nosso intestino, o que é o fio que leva as imagens à TV senão um prolongamento dos nossos olhos, e o que é o fio que leva as informações ao computador senão um prolongamento do nosso cérebro? Vivemos nessa rede de canos e fios, e a questão da liberdade pode ser decidida com a resposta à seguinte pergunta: nessa rede, somos a aranha ou a presa da aranha? Tenho vontade de responder as duas coisas, ora uma, ora a outra, e nessa hesitação percebemos um de nossos traços fundamentais, que nos acompanha desde que estamos na barriga de nossa mãe, ligados a ela pelo cordão umbilical, que é um misto de cano e de fio por onde corre tudo aquilo de que precisamos para existir. O cordão umbilical é cortado quando nascemos, mas a dependência que representa permanece de outras formas, primeiro em relação à nossa mãe, quando somos amamentados e o leite escoa do interior dela por uma infinidade de pequenos canos em nosso corpo, depois em relação às pessoas ao nosso redor, através da já mencionada rede serpentina de canos e fios à qual passamos todo o restante da vida nos ligando e nos desligando. Que nosso corpo seja repleto de líquidos, e que nossa vida esteja sujeita à distribuição desses líquidos entre os diferentes órgãos por meio de milhares de pequenos canos, que variam de tamanho, desde os tubos do intestino até os capilares do cérebro, e que todas as formas de vida, até mesmo as árvores mais primitivas, sejam repletas de canos similares, faz com que o princípio do cano seja talvez a mais importante dentre todas as condições para a vida, e com que a humanidade seja irmã do junco.

Bagunça

Somos uma dessas famílias que vive no meio da bagunça.
Que esse fato me incomoda, não muito, mas assim mesmo de
maneira constante e silenciosa, torna-se evidente no modo como
formulo esse pensamento — dizer que somos uma entre várias
famílias que vivem assim é uma forma de minimizar a importância da bagunça, distribuir esse peso nas mãos de várias pessoas
para que assim pareça mais leve. Não somos os únicos a viver na
bagunça, fazemos parte de um grupo maior, então viver na bagunça é uma condição humana normal e não há nada do que se
envergonhar. Mas o que sinto é justamente o contrário. Quando
batem aqui em casa e eu abro a porta, de forma que o visitante
possa enxergar o corredor, onde os sapatos e as botas não estão
alinhados contra a parede nem organizados na sapateira, mas simplesmente jogados pelo chão, e o banco em frente à janela está
cheio de todas as peças de roupa imagináveis, e até mesmo toalhas largadas pelas crianças no caminho entre o banheiro e a sala, e da parede abaixo da escada se ergue uma pequena montanha de patins, capacetes de bicicleta, capacetes de equitação,

culotes de equitação, bolsas de academia, mochilas, e no meio de tudo isso folhas, gravetos, torrões de terra e pedrinhas, além de toucas e luvas, cachecóis e meias, eu sinto vergonha e vontade de que o visitante vá embora, para que essa vergonha, que se agita dentro de mim como um desses bonecos infláveis e ocos por onde sopra o ar de um ventilador, que se agitam na frente de shopping centers e restaurantes fast-food, possa se acalmar. Mas as pessoas que aparecem por aqui são quase sempre pais de amigos das crianças, que vêm para trazer ou então buscar os próprios filhos, e nesses casos a coisa natural a fazer é convidá-los para entrar, pelo menos no corredor, enquanto o filho deles tira ou põe as roupas de frio. Sempre penso que aquela é a última vez que a pessoa em questão vem à nossa casa quando nota a bagunça em meio à qual a nossa família vive. De vez em quando, mesmo com os pais esperando no corredor, as crianças estão no andar de cima e não querem saber de descer, e como não posso convencer os filhos teimosos dos outros da mesma forma que convenço os meus, induzindo, provocando, argumentando, propondo e ameaçando, esse pai ou essa mãe precisa subir até o segundo andar, onde a bagunça é ainda pior. É terrível. Mas todos agem como se aquilo não fosse nada, mesmo que a bagunça em meio à qual vivemos naturalmente seja uma das coisas em que estão pensando. Jamais um visitante disse: "Que bagunça, hein? Nunca vi nada parecido! É assim que vocês gostam de viver? Vocês deviam arrumar essa casa! Vamos manter a Tilda bem longe daqui até que vocês resolvam tomar jeito. Se é que vocês têm jeito, claro".

A bagunça na casa parece obedecer a certas regras, acumular-se em lugares predeterminados. Na bancada da cozinha, sob armários cheios de copos e canecas, no lugar onde costumamos deixar as correspondências, há sempre uma enorme pilha, não apenas com envelopes e encartes publicitários, jornais e pacotes, mas também livros, brinquedos, sacolas, caixas plásticas, meias, canetas e pincéis atômicos, borrachinhas de cabelo, ferramentas, pregos e parafusos, lâmpadas e fusíveis. Essa pilha cresce aos poucos e segue um ritmo totalmente distinto do ritmo observável na bancada ao lado da pia, onde uma montanha de louça suja ergue-se depressa, para, nos dias bons, sumir em poucas horas, enquanto nos dias ruins continua a crescer. No segundo andar a bagunça é estática, e consiste na maior parte em brinquedos que se espalham por todo o corredor até o interior dos cômodos, deixando apenas um estreito caminho trafegável. Em linhas gerais, a maneira como a bagunça se espalha pela casa não é muito diferente do modo como a neve se espalha pela floresta, onde em certos pontos deposita-se sobre os troncos, em outros forma montes de neve e em ainda outros espalha-se em camadas relativamente finas. Mas a bagunça não é um conceito que faça sentido no mundo natural, a despeito de onde cresça um arbusto, das árvores derrubadas por uma tempestade ou carbonizadas por um incêndio, porque a natureza não tem dois níveis, um real e um ideal, mas existe somente no real. Uma casa ou uma família, pelo contrário, existem no real e estendem-se rumo ao ideal. Todas as tragédias originam-se nessa duplicidade, assim como todos os triunfos. E é esse sentimento de triunfo que agora toma conta de mim, quando a cozinha da casa no outro lado do gramado, iluminada como um vagão de trem na escuridão, onde há poucas horas lavei e organizei tudo para o Natal, encontra-se limpa e reluzente.

Sons de inverno

Andar pela floresta no inverno é muito diferente de andar pela floresta no verão. Já no outono a floresta começa a se esvaziar de sons tão logo os pássaros migratórios voam em direção ao sul, e tão logo as folhas das árvores, que durante todo o semestre de verão enchem a floresta de farfalhares, põem-se a cair. Quando o frio chega os cursos d'água congelam, e o constante escorrer e borborejar — quando são grandes o suficiente, o murmúrio pode ser ouvido ao longe, e o fluxo de água chega a reverberar em fendas e paredões rochosos como um ronco — de repente cessa. A primeira camada de neve faz com que os últimos sons, aqueles de passadas em meio às folhas, também desapareçam, ao mesmo tempo que outros passos, distintos e maiores, tornam-se mais abafados. Nos meses seguintes esse silêncio passa a reinar. Mas, assim como uma cor pálida e desbotada pode de repente cintilar quando posta sozinha contra um fundo branco, essa situação faz com que os sons esparsos e esporádicos que restam na floresta aumentem de força e de intensidade com o silêncio de fundo. O crocitar de um corvo, por exemplo, que no verão é apenas um no meio de uma grande orquestra de sons, no inverno preenche o ar sozinho, e cada nuance ríspida, rouca e por assim dizer consonantal daquele crocitar torna-se clara, ouvimos a nota que sobe em tom agressivo e dissipa-se em tom contristado, e que a seguir deixa para trás uma atmosfera por vezes melancólica, por vezes intranquila em meio às árvores. Igualmente marcante é a maneira como os sons dos nossos próprios movimentos se transformam: é como se a floresta inteira se enchesse de ruídos similares àqueles feitos por lixas, causados por superfícies de material sintético que se roçam umas contra as outras, até que você para e os barulhos também param, e então o silêncio instaura-se, como acontece quando o ronco de uma máquina ao qual estamos acostumados a ponto de nem ao menos percebê-lo cessa de repente. Tudo o que se ouve passa a ser a nossa respiração, como o sopro de uma válvula, em ritmo ascendente e descendente, como se o ar fosse empurrado para fora pelo movimento de um pistão interno, ao qual tanto a pulsação na fronte e no pescoço como a fumaça que sai da boca parecem estar relacionados. Pensamentos como esses são impossíveis no verão, quando em boa parte estamos em harmonia com os nossos sons e movimentos. Mas o inverno não somente abafa certos sons e amplifica outros, como também tem sons que lhe são próprios, únicos naquela época do ano, e alguns desses estão entre os mais bonitos que existem. O ronco da água que congela, por exemplo, muitas vezes surgido em dias ou noites claras, quando o frio se impõe de um instante para outro, tem um caráter poderoso e ameaçador, uma vez que não está ligado a nenhum movimento perceptível. Há somente a superfície imóvel e espelhada, os abetos pretos e pontiagudos que a circundam, as estrelas cintilantes na escuridão mais acima e o ronco do gelo submerso. Porém o hino do inverno é o som marcado e penetrante dos patins de corrida no instante em que a lâmina corta o gelo e o abandona. O som também marcado, embora um pouco mais obtuso, dos patins de hóquei, que fazem um ruído breve e áspero quando o atleta se vira de repente e a lâmina trabalha contra o gelo em vez de deslizar sobre ele, enquanto raspas da camada mais superficial de gelo são jogadas para longe, não é tão festivo, mas também é muito atraente. Isso para não falar no som abafado e cavo dos esquis longos que batem no chão paralelamente um ao outro depois de haverem flutuado pelo ar, amortecidos pela neve recém-caída de maneira a aproximar-se de um *pof*, embora não exatamente: eles fazem *tomp*. Todos esses sons são característicos do inverno, uma vez que só existem nessa época do ano, mas nem por isso pode-se dizer que o representam: são apenas diferentes aspectos do inverno. O branco é a ausência de cor, então o equivalente da brancura no mundo dos sons deve ser o silêncio. Quando a floresta coberta pela neve encontra-se imóvel sob o céu levemente escurecido, tudo fica em silêncio. E quando a neve cai e o ar se enche de flocos, tudo continua em silêncio, mas esse é um silêncio distinto, que parece mais denso, mais concentrado, e aquele som, que a bem dizer não é nenhum som, mas apenas uma nuance do silêncio, uma intensificação ou aprofundamento do silêncio, é a expressão sonora da essência do inverno.

Presentes de Natal

Hoje é antevéspera do Natal. Mais cedo fui às compras: primeiro me encarreguei dos mantimentos, com seis sacolas cheias de comidas embaladas de Natal, frutas, nozes, refrigerantes e cerveja, e depois passei numa loja de brinquedos e numa livraria para comprar os últimos presentes para as crianças. O céu estava pesado e cinzento, e mesmo que não estivesse chovendo o panorama dava a impressão de estar saturado de umidade, como sempre acontece no inverno: terra úmida e escura, grama reluzente, árvores nuas e vento constante. Agora estou sentado no meu escritório, rodeado por papéis de presente, rolos de fita adesiva, folhas com etiquetas autocolantes, fitas de tecido em cores variadas e duas pilhas de presentes, uma com aqueles já embalados, outra com aqueles por embalar. A única luz vem de uma lâmpada de pedestal ao lado da escrivaninha, que ilumina o assoalho mais abaixo com um círculo que se torna cada vez mais tênue até quase se desaparecer por completo nos cantos. O sentimento que tenho é de estar numa gruta. Minutos atrás, quando eu estava sentado no chão cortando papel, colocando os presentes em cima, fazendo os pacotes, passando a fita adesiva e atando laços com as fitas de tecido, me senti ligado a todas aquelas coisas, praticamente não havia diferença nenhuma entre mim e elas, estávamos no mesmo redemoinho de movimento. Agora, vejo-as como objetos isolados vindos das mais diversas partes do mundo que por acaso se encontraram aqui, sem nenhuma outra ligação àquilo que existe em meu âmago. O robô, por exemplo, apoiado contra um rolo ainda fechado de papel de presente, com cerca de trinta centímetros de altura, feito em plástico cinza, é apenas um objeto, tão fechado em si mesmo quanto uma pedra na praia. Isso para não falar do coelhinho de pelúcia que está deitado de costas em cima de uma sacola plástica logo além. Esses objetos não oferecem nada e não pegam nada em troca, simplesmente estão aqui, como troncos, folhas, galhos, agulhas e objetos plásticos amontoam-se num redemoinho durante o outono. Mas amanhã à noite, quando forem entregues às crianças, vão ganhar nomes e qualidades, e vão ser recebidos como membros indispensáveis do mundo em que elas vivem. Essa capacidade de conferir vida àquilo que é inanimado, de criar um mundo em que aquilo que é fechado se abre para nós, é cultivada na literatura, pois não existe nenhuma diferença essencial entre o que acontece quando do abro um dos livros que tenho aqui, digamos, *Guerra e paz* de Tolstói, e quando as crianças abrirem os presentes amanhã. Um pouco de tinta sobre uma página desperta uma tempestade de sentimentos e faz com que todo o restante desapareça, o que também acontece quando o robô caminha pelo chão ou o coelhinho é apertado num abraço e beijado com vontade. A ponte entre esses dois mundos inanimados, o da literatura e o dos brinquedos, talvez seja a lista de desejos, que não tem a mesma concretude dos brinquedos, mas somente os evoca, assim como a literatura sempre evoca o mundo tangível e faz com que flutue em nossos pensamentos. No entanto, ao contrário do que acontece com a literatura, uma lista de desejos pode ser resolvida, e é por isso que todo ano me sento aqui, no meio deste rio de presentes, e tento realizar os sonhos das crianças. As crianças acham que os presentes de Natal resumem-se a isso, mas acredito que fazem uma jornada mais longa: como a própria esperança, zarpam das ilhas de um futuro imaginário rumo ao litoral da realidade, onde adquirem peso e substância, embora não por muito tempo, uma vez que precisam terminar a jornada, chegar até o outro lado, até o passado nostálgico, onde essa vida continua sob a forma de lembranças incorpóreas, o que talvez seja o aspecto mais importante de sua existência: a manutenção das lembranças dos Natais da infância.

Papai Noel

Ontem à noite eu estava numa estrada de chão, chovia de leve e eu vestia uma roupa vermelha; nos pés usava meias de lã por cima dos sapatos e na cabeça tinha uma máscara que por assim dizer fitava a escuridão úmida e compacta do céu. Numa das mãos eu tinha um saco de juta, e na outra um lampião à moda antiga. Quando me aproximei da casa iluminada no fim da estrada eu parei, abri o lampião, acendi a vela, fechei a portinhola, baixei a máscara sobre o rosto, joguei o saco por cima do ombro, arqueei um pouco as costas e fui andando com passos de velho até a janela. Eu estava um pouco nervoso até aquele momento, porém o nervosismo desapareceu assim que arqueei as costas, como se realmente houvesse me transformado num velho e aquilo não fosse mais a interpretação de um papel. Bati com força na janela. Ouvi passos lépidos no interior da casa e me afastei um pouco. Um rosto de criança apertou-se contra a vidraça. Ergui a mão num aceno trêmulo e continuei andando em direção à porta, que logo a seguir foi aberta com um movimento brusco. Feliz Natal, eu disse com uma voz fina. O menino me encarou por uns instantes, claramente disposto a me desmascarar, porém no fim afastou-se um pouco, angustiado. Os pais se aproximaram, olharam para mim com sorrisos no rosto e perguntaram se eu não gostaria de tomar um revigorante. Balancei a cabeça. Estou dirigindo, eu disse, e então olhei para o menino. Como é o seu nome?, perguntei. Ele disse o nome. Repeti aquele nome com uma voz balbuciante enquanto eu remexia no interior do saco. Quando lhe entreguei o presente, ele arrancou o embrulho numa explosão de movimentos. Pouco depois eu estava de volta à rua, junto a uma das paredes da casa, com a máscara erguida sobre a cabeça e um cigarro aceso nos lábios. O pai saiu, olhou ao redor. Mais para cá!, eu disse em voz baixa. Deu tudo certo, ele disse, parando à minha frente. Deu, eu disse. Parece que ele fisgou a isca esse ano outra vez. Será que posso roubar um seu?, o pai me perguntou. Claro, eu disse. Atravessamos a pista e fomos até o ponto onde eu havia estacionado o meu carro, junto à intersecção com a estrada principal. Sentamo-nos. Foi uma boa ideia estacionar aqui, disse o pai. Ele tinha certeza de que poderia desmascarar você graças ao carro. É, eu disse, e então dei a partida e comecei a dirigir. A estrada estava totalmente deserta, mesmo dentro do vilarejo: não se via ninguém. Estacionei ao lado da escola e descemos na chuva. Você quer tomar um uísque?, perguntei. Ele fez um gesto afirmativo com a cabeça, eu peguei a garrafa e os copos e nos servi. Havia um silêncio fora do normal; em qualquer outra noite, pelo menos de vez em quando ouviríamos o som de outro carro passando. Quando os copos esvaziaram-se, larguei o meu no interior do carro, tirei a roupa e a entreguei para ele. Ele enfiou um dos braços numa das mangas, pegou o copo de uísque com a outra e então vestiu a manga no braço oposto. O vento pôs a capa a tremular. Entreguei-lhe a máscara. Volte daqui a uns minutos, eu disse, e logo comecei a andar em direção à casa. Dois rostos de criança apareceram, atraídos pelo barulho na porta. As crianças tinham se recusado a acreditar que eu tinha saído para comprar cigarros, então mostrei-lhes a carteira como prova. Não sou o Papai Noel, simplesmente fui até o posto de gasolina comprar cigarros como tinha dito, eu disse. As crianças não sabiam no que acreditar. Na mesma hora ouviram-se batidas na porta. Quem pode ser?, perguntei. A mais velha lançou um olhar irônico em direção a mim. Abri a porta e lá estava o Papai Noel com o lampião numa das mãos e o saco de presentes na outra. Onde estão as crianças comportadas dessa casa?, ele perguntou. Não falou com voz fina, mas tinha o sotaque dos finlandeses que falam sueco como língua materna. *Mamma, mamma, tomten är här!*, gritou a mais nova, acusando a chegada do Papai Noel. Os outros apareceram e o corredor logo se encheu; ficamos dispostos em semicírculo, olhando para o Papai Noel que mexia no saco com movimentos vagarosos e pegava os presentes um após o outro, entregando-os com modos solenes para cada uma das crianças, que o observavam incrédulas. Você não gostaria de tomar um revigorante?, perguntei, e ele fez um gesto afirmativo com a cabeça e esvaziou o copo de conhaque de um só trago.

Depois que ele foi embora as crianças ficaram distraídas com os presentes e nem ao menos perceberam que eu fui atrás. Ele estava ao lado do carro, esperando por mim, ainda com a máscara no rosto.

Me ocorreu que a visão da máscara sobre o rosto era uma visão quase sinistra naquele ambiente familiar.

Peguei mais uma vez a garrafa, nos servi dois copos e entreguei um para ele.

Feliz Natal, ele disse, erguendo o copo em direção a mim.

Feliz Natal, eu respondi.

Hóspedes

Dizem que lar é o lugar onde precisam deixar você entrar quando chega. Também dizem que é o lugar onde você não interpreta papel nenhum, mas simplesmente age como você mesmo. Se você precisa interpretar um papel, fazer de conta, então você é um hóspede no seu próprio lar. Hóspedes são pessoas que se hospedam por um tempo num lugar ao qual não pertencem. Pode ser num hotel, onde você paga pela estadia, ou pode ser na casa de outras pessoas, em geral parentes e amigos, caso em que não existe nenhum tipo de transação pecuniária. Esse fato leva a um desequilíbrio na relação que se parece com aquele criado por um presente: os hóspedes recebem, enquanto os anfitriões dão. Por isso é importante que os hóspedes demonstrem gratidão, que valorizem esse presente, tecendo elogios, fazendo comentários positivos sobre o bom aspecto da casa, oferecendo-se para ajudar e esforçando-se para causar o menor incômodo possível. Um bom anfitrião recusa todas as ofertas de ajuda e tenta atender a todas as necessidades do hóspede, se possível até mesmo antes que surjam. Esse jogo formal estabelece papéis, cria uma distância entre o anfitrião e o hóspede, e mesmo que esses papéis entrem em conflito — o anfitrião que oferece aos hóspedes o maior espaço possível, os hóspedes que tentam ocupar o menor espaço possível —, é justamente a natureza de jogo que torna a participação nesse tipo de relacionamento simples, porque todos os aspectos estão o tempo inteiro à mostra: desde que todos se mantenham nos papéis e não os extrapolem, nada é feito às escondidas e nenhum conflito é possível. No instante em que os papéis são preenchidos por outra coisa, no momento em que a anfitriã põe a mesa com um suspiro, por exemplo, e assim dá a entender que teria coisa melhor a fazer, no momento em que os hóspedes sentam-se à mesa do café da manhã sem elogiá-lo ou sem de outra forma reconhecer o esforço da anfitriã, e simplesmente tomam aquilo por uma coisa dada, chegando talvez até mesmo a dizer que preferem o bacon crocante, e não mole, e a oferecer dicas para a anfitriã sobre como preparar um bacon crocante, a saber, colocando-o numa frigideira já quente em vez de permitir que esquente devagar com o metal, da maneira como a anfitriã fez com aquelas tiras reluzentes de gordura, os limites claros entre o anfitrião e o hóspede são apagados, surge uma indefinição, e nas relações humanas a indefinição é responsável por alimentar e fazer crescer a frustração e a desconfiança. Por isso é mais fácil ter amigos como hóspedes, ou então ser hóspede na casa de um amigo, do que ter um familiar como hóspede. Os laços familiares são fortes, bem mais fortes que os laços temporários estabelecidos por esses papéis. Se a mãe do anfitrião ou anfitriã faz uma visita, por exemplo, muitas vezes é difícil para ela não se comportar como mãe na casa do filho ou da filha, uma vez que na consciência da mãe esse é um papel desempenhado em caráter permanente, e mesmo que ela não comece a tomar conta de tudo e a preparar comida, a ferver e a brasear na cozinha, a limpar os armários e a dobrar e guardar roupas nas cômodas, essa proximidade põe em risco a diferença entre hóspede e anfitrião ao dissipar as ideias sobre um lar e o pertencimento a um lar por força da simples presença: a própria mãe é esse lar. Numa situação como essa o lar transforma-se em um papel, ou pelo menos em lar secundário, uma tentativa de criar uma alternativa ao lar principal. O que acontece nessas horas é que tudo aquilo que não funciona no lar, tudo aquilo que não é como devia ser, de repente torna-se visível, porque outra característica desses papéis é a de relacionar-se apenas por meio de fachadas, de forma que a dissolução dos papéis também provoque uma dissolução das fachadas, e assim revele o elemento genuíno. Num lar esse elemento genuíno pode ser tolerado, faz parte das funções de um lar, uma vez que um lar não existe para os outros, mas orienta-se em função dos padrões, das exigências e das possibilidades das pessoas que nele moram. Em um lar mantido no mais rígido padrão de conservação, sempre reluzente e na mais absoluta ordem, a presença do pai ou da mãe pode revelar um elemento neurótico, uma preocupação doentia com o que os outros acham e pensam, uma vida em que a fachada sobrepõe-se ao elemento genuíno, enquanto a presença do pai ou da mãe numa casa bagunçada, suja e desordenada pode revelar o desleixo, a permissividade, a covardia, a fraqueza.

Nos cinco anos em que moramos aqui tivemos hóspedes em todo o espectro, desde os mais respeitosos e conscientes até aqueles que já chegaram se espalhando e tomaram conta de tudo, os hóspedes sem consideração que tratam a casa dos outros como se fosse sua e assim transformam os moradores em hóspedes. Poucas coisas são mais revoltantes do que isso, mas eu nunca saio do meu papel de anfitrião, então arrumo toda a bagunça feita por esses hóspedes com um sorriso no rosto e cheguei até a concordar fazendo um alegre gesto de cabeça para um desses hóspedes quando ontem, durante uma ida ao supermercado, essa pessoa tirou uma bandeja de carne da minha mão e disse que não devíamos comer cortes tão caros, que era antiético e imoral, e mais tarde, na mesma noite, enquanto eu preparava a comida no fogão da cozinha, me furtei a protestar quando ele tirou a espátula da minha mão para virar as costeletas e ainda tive a cortesia de me afastar para o lado. Depois que havíamos jantado, quando estávamos todos sentados ao redor da mesa, com a escuridão do inverno como um mar preto do outro lado das janelas, me abstive de entrar no escritório, pegar um exemplar da *Edda* e ler em voz alta um trecho do *Hávamál*, o antigo tratado nórdico de etiqueta, cuja trigésima quinta estrofe diz:

Despede-te,
não sejas como hóspede
um tropeço no caminho;
pois é fácil
cansar-se do amigo
que esquece de andar.

Nariz

O nariz é uma protuberância dramática e marcante que se ergue no meio do rosto, debaixo dos olhos e acima da boca, à qual também está ligado por vias internas. A antiga ideia de que o primeiro homem foi feito de barro pode muito bem ter se originado a partir de uma observação do nariz, que não apenas tem um aspecto construído — com ossos que parecem funcionar como hastes sobre as quais a cartilagem e a pele se estendem como uma pequena tenda — mas também modelado, pois na região entre o osso nasal e as narinas há um pequeno sulco que facilmente poderia dar a impressão de ter sido feito por um dedo que houvesse aplicado massa para então dar forma à narina removendo parte do material, camada após camada, e por fim pressioná-lo logo abaixo do osso nasal para dar-lhe o contorno adequado. Mesmo assim, o mais notável a respeito do nariz é que talvez pareça acabar de maneira abrupta, em dois portais em arco — o que confere ao nariz certa semelhança com a arquitetura de uma igreja — e que esses portais, separados um do outro pelo septo, encontrem-se o tempo inteiro abertos. Todos os demais orifícios do corpo podem fechar-se, seja por meio de esfíncteres, como acontece com o ânus e com a boca, seja por meio de dobras cutâneas, como acontece com os lábios vaginais e o prepúcio, seja ainda por meio de uma parede interna que permanece sempre fechada, como nos ouvidos. Só as narinas estão sempre abertas. Naturalmente é assim porque é através do nariz que circula a maior parte do ar que respiramos. Um portão que abrisse e fechasse, como o de uma garagem, por exemplo, ou um dispositivo similar a uma portinhola, como aquelas instaladas para os gatos na parte inferior da porta, seria extremamente dificultoso e consumiria energia desnecessária, além de trazer consigo um certo risco, pois não seria preciso mais do que dois minutos de interrupção na passagem do ar para que morrêssemos, e mesmo que a boca em parte funcione como um backup do nariz, no sentido de que as vias de ambos esses órgãos começam na cabeça e terminam nos pulmões, uma abertura direta por meio do nariz é sem dúvida a melhor solução.

A partir disso tudo, poderíamos ter a impressão de que o nariz, essa tenda do rosto, essa igreja da face, seria o ponto central e o local mais importante do rosto — o nariz é o único elemento que se projeta para a frente, localiza-se no centro e é através de suas longas passagens similares às naves laterais de uma igreja que flui a única coisa de que precisamos constantemente para nos mantermos vivos. Não devia ser o nariz a base de nosso relacionamento com as outras pessoas? Não devia ser através do nariz que identificamos o caráter, a personalidade, o tipo e a alma das outras pessoas?

Bem, não é o que acontece. Esse privilégio encontra-se reservado aos olhos.

Que justamente aos olhos tenham passado a simbolizar a pessoa interior no mundo exterior não chega a ser estranho, porque ao contrário do nariz os olhos são móveis, podem deslocar-

-se para os dois lados e também para cima e para baixo, e assim oferecem uma melhor representação do interior de uma pessoa, que é sempre móvel e fluida, a despeito do quanto talvez pareça estagnada. Porém o mais importante é que os olhos são a única parte do exterior do corpo que não é coberta por pele (à exceção das unhas e dos cabelos, que no entanto são mortos), e assim causam a impressão que podemos ver através deles, mais ou menos como se víssemos o interior de uma casa através das janelas. Pode ser que também seja relevante o fato de que os olhos têm essas duas portas similares às das garagens, que foram negadas ao nariz, ou seja, as pálpebras, que podem abrir-se e fechar-se a bel--prazer, o que lhes confere uma aura de flexibilidade e mais uma vez realça o caráter estático do nariz. No que diz respeito à alma, também a visão, o sentido dos olhos, ocupa um lugar privilegiado em relação ao olfato, o sentido do nariz, pelo simples motivo de que quem é visto também vê quem o vê, e assim revela boa parte de sua intimidade. Também é um aspecto essencial que os olhos não envelheçam — ao contrário do nariz, que na velhice torna-se mais comprido e mais vermelho, e no caso de certos idosos chega a parecer um velho e desabado galpão —, uma vez que a alma tampouco envelhece, mas em vez disso permanece sempre a mesma ao longo de uma vida inteira. Que a secreção dos olhos sejam as lágrimas, celebradas em poemas e canções, enquanto as secreções do nariz sejam o ranho e o sangue, não facilita as coisas em nada para o nariz. Um nariz bonito é um nariz invisível, tão simétrico, alinhado e estreito que não desvia a atenção de nenhuma das outras partes do rosto. Um nariz demasiado longo, achatado, largo ou torto é um desastre para o rosto e impõe um fardo a quem o carrega, uma vez que desde a mais tenra idade torna-se claro que é esse nariz chamativo que os outros associam à pessoa em questão, o que precisa ser trabalhado de uma forma ou de outra em um longo conflito de identidade, pelo menos durante a adolescência, antes que uma reconciliação seja possível. Uma vez vi um nariz desses no início dos anos 90, eu estava em Praga com Espen e entramos num mercadinho de bairro quando ele me puxou e perguntou, em voz baixa, você viu aquele sujeito? Quem?, perguntei. O sujeito do nariz, Espen respondeu. Lá. Olhei na direção apontada. Não consegui acreditar no que vi. Era um sujeito de cabelos escuros, tímido e magro, com cerca de quarenta anos e um nariz gigantesco plantado no meio do rosto. Era longo como um pedaço de pau e irregular, como que cheio de pequenas intumescências. Enfim, parecia uma raiz. Foi a coisa mais chocante que eu já vi em toda a minha vida. Era impossível tirar os olhos daquilo. O homem se parecia com a velha da fábula, que prende o nariz no cepo de rachar lenha, ou com uma daquelas caricaturas da Idade Média, em que o elemento grotesco das pessoas assume o primeiro plano. Tanto eu como Espen esquecemos tudo o que sabíamos a respeito de bons modos e com certeza passamos vários segundos fitando aquele homem. Naturalmente ele percebeu e deu-nos as costas. O que foi que tanto nos fascinou? Com um nariz comprido daqueles, era quase como se ele não fosse mais um ser humano, mas outra coisa. Havia um quê de animal, ou então de crescimento desenfreado naquilo, que tanto poderia ser o diabo quanto o deus Pã, se não fosse o fato de que o atributo em questão, o nariz, fosse também cômico, da maneira como tinha sido por milênios. Saímos, paramos do outro lado da rua e, quando o homem saiu, começamos a segui-lo. Esse era o fascínio exercido por aquele nariz. Mas hoje o que recordo com mais clareza é o olhar daquele homem no momento em que entendeu que o encarávamos, a breve revelação de um profundo tormento que se mostrou nos olhos dele, que parecia ser a antítese daquele nariz animalesco, mas assim mesmo era invocado pelo mesmo nariz, o que hoje me parece ser a quintessência da condição humana.

Bichos de pelúcia

No segundo andar, onde as crianças dormem em três camas dispostas uma ao lado da outra, como se estivessem a bordo de um navio, há inúmeros bichos de pelúcia, talvez uma centena. São ursos-polares, ursos-pardos, guaxinins, lobos, linces, cachorros e gatos. São vacas, cavalos, ovelhas, porcos-espinho, coelhos, corvos e corujas. São leões, tigres, jacarés, girafas, focas, baleias, tubarões e golfinhos. Esses bichos são feitos com certo grau de realismo e preservam traços essenciais — as focas têm nadadeiras, os elefantes têm trombas, os corvos têm bicos —, mas assim mesmo apresentam-se no horizonte das crianças, de maneira que todos sejam mais ou menos do mesmo tamanho, macios e feitos de tecido, para que possam ser agarrados e abraçados, e destituídos das partes duras, que podem morder, picar, bicar, arranhar. As crianças levam-nos para a cama para dormir, levam-nos junto quando viajamos, brincam com eles dentro de casa nos dias de chuva. Isso não significa que não fazem a menor ideia quanto à vida natural desses bichos: as crianças mostraram-se encantadas por exemplo com a sede de sangue dos tubarões, e assistiram a inúmeros vídeos de ataques de tubarão no YouTube, mas decidiram ignorar toda essa agressão e toda essa violência no que diz respeito aos bichos de pelúcia, que para elas pertencem a um outro universo, totalmente à parte da realidade exterior, no qual mantêm intacta apenas a forma do corpo. O lobo pode existir ao lado da ovelha, o leão ao lado da zebra. Os bichos de pelúcia são uma espécie de agente dos sentimentos das crianças, uma extensão de seu âmago, e é impressionante o desejo que têm de que todos sejam comportados e vivam para sempre. E nem mesmo quando a realidade bate à porta, como por exemplo quando aprendem a montar e começam a ter de lidar na cavalariça com animais de cascos duros e dentes, enormes flancos e cabeças grandes e nervosas, nas quais é difícil pôr os arreios, ou quando o gato aparece com um passarinho pendurado na boca e o larga triunfalmente junto à porta, e o passarinho se debate na tentativa de escapar àquele destino, e o gato atinge-lhe o corpinho emplumado com gestos brincalhões das patas, ou então finca-lhe os dentes, nem mesmo nessas horas a realidade dos bichos de pelúcia se fratura, nem mesmo nessas horas as crianças transferem-lhes as experiências que têm com os animais do mundo — não, lá em cima, no interior do quarto, tudo é a mais pura fofura e a mais pura bondade, lá em cima dorme-se com tubarões e os leões podem ser acariciados. Não acredito que os bichos de pelúcia sejam uma fuga da realidade, um baluarte contra a dureza e a brutalidade, não acredito que representem o mundo como as crianças gostariam que fosse, mas antes que representam as próprias crianças, da maneira como a alma infantil se apresenta: pequena, macia, bondosa e fiel. Mesmo um tempo depois de largar os bichos de pelúcia, que então permanecem abandonados e puídos no sótão, talvez amassados numa caixa de papelão com aqueles olhos eternamente abertos, as crianças reagem de maneira instintiva contra os sofrimentos da guerra e a miséria da pobreza, exigem justiça e igualdade, naquela ingenuidade típica da primeira adolescência, que é a última fase da alma infantil, quando esta descobre-se pela primeira vez aberta para o mundo exterior numa batalha que não pode vencer, uma vez que tem uma essência indefesa e portanto só pode continuar a viver como outra coisa, mais dura e maleável naquelas que aprendem a se virar, mais fina e quebradiça naquelas que hão de ser esmagadas pelo mundo.

Frio

Está frio. Temos calefação em casa, mas não está funcionando. Só a sala de estar e os quartos estão aquecidos com aquecedores elétricos, ao passo que a cozinha, o banheiro, os corredores e a sala de jantar estão gelados quando acordamos. Não raro eu fico embaixo das cobertas e reluto em me levantar, preciso tomar coragem antes de descer pelos degraus frios, atravessar os azulejos frios do corredor e pisar nas tábuas frias da cozinha. O corpo dá a impressão de contrair-se, como se tentasse diminuir a superfície diante do frio, às vezes treme um pouco, enquanto a pele se arrepia; e mesmo assim estou dentro de casa, onde existe um certo calor em relação à temperatura negativa da rua. Seria possível ter a impressão de que o frio é o elemento ativo, que se insinua por todas as frestas e aberturas da casa e se lança contra todas as paredes externas da casa, que assim acabariam se resfriando também pelo lado de dentro. Mas o que ocorre é o contrário, o elemento ativo é o calor, é o calor que se perde em meio ao frio, onde logo se dissipa nas enormes massas de ar frio para então desaparecer. É como se aquela quantidade ínfima de ar quente não conhecesse as próprias limitações e tentasse aquecer o ar no lado de fora, sem saber nem compreender que aquilo se estende por quilômetros em todas as direções, e também para cima, onde se torna ainda mais frio à medida que se aproxima do espaço. Mas não se trata de presunção: essa é uma lei da termodinâmica. Quando duas temperaturas diferentes entram em contato, elas tentam atingir um ponto de equilíbrio. É como uma queda. A temperatura está diminuindo lá fora, e assim como a água não pode fazer outra coisa senão correr em direção ao ponto mais baixo até se tornar parte do grande oceano, o calor tampouco pode evitar a queda em meio ao frio. Hoje pela manhã eu coloquei um saco cheio de garrafas vazias no lado de fora para levá-las mais tarde ao centro de reciclagem, as garrafas estavam quentes quando as deixei lá, mas poucos minutos depois estavam frias como o chão gelado. Essa força de nivelamento, que impede que duas grandezas distintas existam lado a lado, que as obriga a atacarem uma à outra até que estejam homogêneas, não vale apenas para as temperaturas, mas também para outros processos, como os incêndios, a corrosão, a erosão e a putrefação, que ocorrem a diferentes velocidades, mas trabalham sempre em prol do mesmo objetivo: promover a igualdade. O carro no pátio aos poucos enferruja até não existir mais, assim como as montanhas aos poucos são erodidas até não existirem mais, assim como todos os corpos vivos na casa e ao redor da casa um dia vão morrer e apodrecer até não existirem mais. Essa também é uma queda, que vai de ser alguém, um corpo com limites definidos, para uma substância espalhada aos quatro ventos que já não é mais ninguém. A vida pode ser definida como a luta contra essas forças de nivelamento, uma luta que estamos sempre fadados a perder. A vida existe apesar dessas forças, o que resulta em sua natureza trágica. Na tragédia, a queda revela-se desde o primeiro instante, porém não o caráter dessa queda, e a tragédia consiste justamen-

82

te na forma como a revelação de um destino inelutável é alcançada. A morte e o nada esperam-nos, mas caímos tão devagar que nem ao menos percebemos e nem ao menos pensamos que é contra essas duas grandezas que estamos lutando quando fazemos o isolamento térmico das nossas casas, de maneira que o calor seja preservado no interior das paredes, como a água de uma piscina. As cidades do Norte têm inúmeras piscinas e torres aquecidas como essas, e carros que são como pequenos lagos de calor, e é difícil não olhar para essas tentativas de manter o calor guardado em pequenos espaços como uma série de gestos bonitos, repletos de uma inusitada dignidade em face da adversidade, pois o espaço em que tudo acontece não apenas é preto, gélido e infinito, mas também se encontra em expansão.

Fogos de artifício

Eu amo fogos de artifício. Mas não os fogos de artifício que se movem pelo chão, ou logo acima do chão, como petardos, estalos, rojões, estrelas e fontanas; meu amor aos fogos de artifício inclui somente aqueles que são disparados a partir de um morteiro, e que se revelam em todo o esplendor nas alturas do céu noturno. Sempre os amei, desde pequeno. Cresci num loteamento, ou seja, no meio de uma longa fileira de pequenas casas idênticas, com entradas idênticas para os carros, rodeadas por jardins perfeitamente idênticos, e mesmo que muitas coisas diferentes com certeza tenham acontecido por trás daquelas várias paredes, a vida que se mostrava aos olhos também era idêntica. A grande diferença se revelava na véspera do Ano-Novo, nas horas por volta da meia-noite, quando ocorriam concentrações especiais pouco comuns nos minutos logo antes e nos minutos logo depois, durante os quais todas as crianças reuniam-se com a mãe no jardim enquanto o pai se abaixava ao lado de um morteiro, acendia o pavio, dava um salto para trás e se colocava ao lado dos outros para ver os foguetes decolar, cruzar o céu e explodir em flores de chamas crepitantes, a uma altura tão grande que não só a pequena família reunida podia vê-la, mesmo estando longe dos olhos de todos, nos fundos da casa, mas todos os moradores do loteamento, e assim era possível, uma vez por ano, mostrar quem morava naquela casa, quem de fato era aquela família. Ah! Todas aquelas cores fantásticas, todo aquele brilho colorido, que não apenas se expandia como uma explosão, mas que também pairava, que parecia descer vagarosamente pelo céu noturno, deixava claro para todos os vizinhos com quem estavam lidando. Pelo menos era assim com o meu pai. Quando os primeiros foguetes começavam a estourar ainda durante a tarde ele balançava a cabeça e continuava sentado na poltrona, ao contrário de mim e do meu irmão, que corríamos até a janela para ver — devia ter sido o vizinho que morava perto da curva, que não tinha paciência, não conseguia se aguentar, não sabia como as coisas deviam ser. Quando o relógio se aproximava da meia-noite e os foguetes começavam a subir um atrás do outro a partir dos vários terrenos ao redor, meu pai fazia uma avaliação sóbria, por vezes até mesmo reconhecendo, esse do Hansen foi bonito, mas também com um juízo implícito, e se uma cascata de fogos surgisse de um jardim qualquer, era como se as pessoas tivessem simplesmente comprado aquele esplendor em vez de fazer por merecê-lo. Quanto desperdício de dinheiro!, ele às vezes dizia. Os vizinhos que soltavam apenas um ou dois foguetes não muito bonitos eram sovinas e mal-humorados. O tempo inteiro havia uma sugestão de que ele, e por meio dele nós, a nossa família, sabia precisamente como se devia fazer aquilo sem exagero nem escassez, sem desperdiçar nem economizar dinheiro, mas na medida exata, o que logo todas as demais famílias poderiam testemunhar e admirar. De antemão ele preparava o varal de piso, que fazia as vezes de bateria para os foguetes maiores, e também garrafas, que serviam como base de lançamento para os menores. Eu nunca o vi tão

85

alegre quanto nesses momentos, com o isqueiro numa das mãos, a outra disposta em concha ao redor do pavio, a maneira como de repente ele se levantava com um gesto repentino e dava uns passos apressados em nossa direção — meu pai não corria em nenhuma outra situação — e a maneira como os olhos dele se iluminavam no rosto quando o pavio chegava à pólvora e o foguete subia. Primeiro os pequenos, em ordem crescente até chegar aos maiores, que se acendiam talvez vinte segundos antes da meia-noite, para coroar o evento com estrondos ribombantes e uma enorme criatura similar a um pássaro no céu acima do loteamento, no preciso instante em que um ano acabava e o ano seguinte começava. Que ninguém jamais elogiasse ou criticasse justo os nossos fogos de artifício, que provavelmente tinham sido engolidos por todos os demais, não tinha nenhuma importância, porque aqueles vinte minutos do ano eram repletos de uma alegria e de uma força tão intensas que nunca houve a menor dúvida de que a imagem criada no céu pelos nossos fogos de artifício, de um mundo acima do mundo, por um breve instante repleto de beleza e opulência, não era uma ilusão, mas representava uma coisa verdadeira: nossa vida também podia ser daquela forma.

CARTA A UMA FILHA NÃO NASCIDA

1º DE JANEIRO. O primeiro dia de 2014 foi ameno e úmido, e por assim dizer vazio. Desde a minha infância os primeiros dias do ano parecem chegar com um estranho sentimento de vazio. Na época, era porque o último grande evento das férias de Natal, o Ano-Novo, tinha acabado, e portanto não havia mais nada de especial por acontecer, e além disso nada havia mudado: o novo ano não se revelava de maneira nenhuma, como talvez levasse a crer uma expectativa inconsciente, mais ou menos como eu imaginava que tudo seria diferente do outro lado quando eu atravessava a fronteira de outro país. Por isso o primeiro dia do ano era praticamente o dia mais comum e menos espetacular de todos. Hoje também foi assim. Mas hoje eu sei apreciar isso, porque o vazio está sempre aqui, no panorama aberto sob o céu aberto, o que acontece é que deixamos as nossas marcas nos dias, transformamos cada dia em nossas ações, que, mesmo sendo pequenas, dão a impressão de preencher o vazio sob o céu. Mas não hoje, 1º de janeiro de 2014.

Este é o seu ano, o ano em que você há de nascer, assim como 1968 é o meu ano. As outras pessoas nascidas nesse ano vão formar a sua geração, você vai encontrá-las na escola, na universidade, e você vai ter mais em comum com elas do que comigo, pois mesmo que a sua personalidade e as suas características sejam determinadas geneticamente e já estejam prontas, só vão ser postas à prova no tempo, que é o elemento decisivo para tudo aquilo que você um dia pode vir a pensar e a fazer, talvez até mais do que em geral imaginamos — pelo menos é nisso que eu acredito. Se não me engano, uma das revistas de ficção científica da época em que eu cresci chamava-se 1999. A fábula espacial de Kubrick chama-se 2001: Uma odisseia no espaço. Uma redação que de vez em quando nos pediam para escrever na escola era "Um dia no ano 2000". Hoje é o primeiro dia de 2014, então já estou no futuro longínquo da minha infância. Mas a única coisa que parece futura é você, você que está aí como uma astronauta na escuridão desse espaço, com um capacete grande, um corpo pequeno e braços e pernas finos, com a ligação à nave-mãe enrolada como um novelo ao seu redor, também flutuando. No último exame de ultrassom você levantou o polegar para nós e achamos graça, você está bem aí dentro. Faltam dois meses para o seu nascimento. O único motivo de preocupação é que parece haver um problema com o seu pé. A parteira congelou a imagem e o examinou por um longo tempo e então moveu um pouco o aparelho, para encontrar outro ângulo, e tornou a congelar a imagem. Parece que ela tem pé torto, ela disse. Pé torto?, perguntei. É, ela respondeu. Não é nada grave, e é um problema que pode ser tratado. Ela disse que você provavelmente seria operada e teria que usar uma tala no pé. Tudo acabaria bem, sem deixar nenhuma marca na sua vida — o pior que poderia acontecer, segundo disse a parteira, era que talvez você não conseguisse praticar esqui slalom quando crescesse. Esse pessoal é muito bom nisso, não vai haver nenhum problema, tudo vai dar certo. À tarde liguei para Yngve, o meu irmão, seu tio, e contei o que tinha acontecido. Você também teve, ele disse. Pé torto?, perguntei. Eu tive pé torto? Nunca tinha ouvido essa história antes. É, ele disse. Foi isso o que você teve. Vivi quarenta e cinco anos sem que ninguém jamais tivesse me dito que eu nasci com pé torto. O que tinham me dito era que havia um problema com um dos meus pés quando nasci, e que esse pé a princípio tinha sido engessado e depois massageado todos os dias até ficar bom. Eu nunca tinha entendido que o meu problema tinha sido pé torto. Liguei para a minha mãe para contar o que haviam dito a respeito do seu pé durante o exame de ultrassom. O que aconteceu foi que a minha mãe achava o nome "pé torto" tão feio que nunca o tinha empregado. E saber disso levou meus pensamentos à Idade Média, ao sineiro corcunda de uma igreja gótica, ou então a Lord Byron, cujo pé torto é sempre o primeiro detalhe em que pensamos, mesmo que ele tenha sido um homem impressionante por inúmeros motivos.

Mas saber que tive pé torto, e que esse pé ficou tão bom que eu nem ao menos sabia que tinha nascido desse jeito, foi acima de tudo uma notícia muito animadora para você e para o seu pé.

Você já não é mais um feto, mas uma criança pequena, totalmente desenvolvida. Você chega até a ficar acordada enquanto a sua mãe dorme e a dormir enquanto ela está acordada, como se já vivesse a sua própria vida aí dentro, nesse pequeno quartinho.

Busquei um berço e um carrinho de bebê na casa de um amigo — o carrinho está em nossa casa de verão, e o berço naquele que vai se o seu quarto — e comprei um móbile com aviõezinhos que voam ao redor de um sol para colocar acima do trocador no banheiro. Às vezes penso que realmente só falta você, quase como se tivéssemos de ir ao hospital te buscar, enquanto na verdade você já está o tempo todo conosco, no banheiro, no quarto, na cozinha, na sala, no carro, na cidade. O canal que separa você de nós tem poucos centímetros de comprimento, mas assim mesmo é como se estivesse em outro mundo. Quando olho para o berço e para o carrinho, não é apenas a expectativa que toma conta de mim, mas também um sentimento meio sinistro, porque essas coisas existem como que para uma criança ausente. É nessas horas que penso que você já está aqui. Você e o polegar que levantou para nós aí dentro.

JANEIRO

Neve

Enquanto a chuva é parte de um movimento contínuo, em que as gotas acumulam-se em poças, lagos, córregos, cachoeiras, rios, mares e câmaras subterrâneas, para mais tarde evaporar novamente em outro ponto, a neve provoca uma interrupção temporária desse movimento. A neve é a chuva posta temporariamente fora de circulação que passa meses estocada por toda parte, como que num armazém. A transformação de chuva para neve é radical, porque existe uma enorme diferença entre as características das gotas nesses dois modos, e mesmo sabendo a que se deve essa transformação, que está relacionada à temperatura, sem o envolvimento de nenhum processo volitivo, parece-me difícil compreender o processo. O que não consigo entender é a fronteira absoluta, o limite definitivo, que um elemento seja líquido de um lado dessa fronteira e sólido do outro lado, e que essa mudança de estado ocorra *sempre* em determinadas condições. Em outras palavras, tenho dificuldade para compreender a regularidade. Se dois carros batem de frente um contra o outro, todos os movimentos a seguir, dos faróis que se quebram à trajetória feita pela garrafa plástica entre o espaço acima do porta-malas e o momento em que passa entre os dois assentos, são determinados a partir da velocidade e do ângulo dos carros — nenhum outro resultado concebível. Os estilhaços do para-brisa são lançados nessa direção, a carroceria se amassa precisamente dessa maneira. É dessa forma que a chuva se comporta quando a temperatura cai e as gotas transformam-se em neve. A neve é feita de cristais hexagonais, e cada uma das seis hastes é idêntica às outras, uma vez que foram todas criadas muito próximas, sob as mesmas condições, enquanto os cristais são todos diferentes, uma vez que foram criados em locais distintos, sob condições variadas. Porém mesmo essa sensibilidade extrema à variação é regular. E quando os flocos preenchem o espaço acima de você numa quantidade infinita, como uma brancura cintilante contra o firmamento cinza, e parte desses flocos se bate contra a pele quente do seu rosto, enquanto todos os outros depositam-se imóveis sobre árvores e galhos, urzais e gramados ao redor, essa cena tampouco pode acontecer de outra forma. Essa avalanche de precisão minuciosa, essa infinitude de acontecimentos únicos, tem no entanto a igualdade como consequência, pois quando a neve se deposita sobre a paisagem, tudo some em meio à brancura. Todas as diferentes expressões da floresta, como as raízes da árvore que se estendem como serpentes pela rocha nua, e que brilham com reflexos vermelhos quando úmidas, até as agulhas amarelas e marrons que se espalham pelo chão da trilha, e assim por diante ad infinitum, são reunidas e reconciliadas numa expressão única com a chegada da neve, e pelos meses a seguir passam a expressar tão somente uma coisa: a brancura. Como uma orquestra, pode-se imaginar, no momento em que todos os instrumentos passam a tocar uma mesma nota. Todos os que cresceram com a neve no inverno conhecem essa nota, que pode soar mesmo quando estamos num jardim ensolarado em pleno verão e de repente somos tomados por um anseio incompreensível e temos a visão de uma floresta vazia onde o vento sopra véus de flocos de neve entre os troncos imóveis e escuros que se erguem sob o crepúsculo.

Nikolai Astrup

Fizemos uma visita à minha mãe em Ålhus, Jølster. A casa dela fica perto da casa pastoral onde cresceu o pintor Nikolai Astrup, e hoje eu levei as crianças lá para andar de trenó. No Natal passado as crianças ganharam um *snowracer* que esteve parado desde então, e foi com esse trenó de arrasto que subimos a pequena encosta coberta por uma profunda camada de neve até a cerca da propriedade, onde nossa pista começava. Astrup pintou tudo aquilo que vimos. A casa pastoral com paredes brancas, o jardim mais além, a igreja logo abaixo, o vale mais para dentro, as montanhas ao fundo. E não foram pinturas quaisquer, mas pinturas repletas de cores e simplificações de superfícies que resultam numa aura esplendorosa, da qual nenhuma outra arte ou literatura produzida naquela região do país sequer chega perto. As telas de Astrup não têm psicologia nenhuma, o que o distingue de contemporâneos como Munch: essas telas não expressam solidão nem vitalidade, melancolia nem júbilo, mas parecem estar separadas dos sentimentos de quem as pintou, sem que no entanto busquem o panorama em si, para em vez disso capturar sua essência ou os sentimentos que é capaz de provocar. Mesmo que Astrup tenha morado em Jølster quase a vida inteira e quase só tenha pintado motivos daquela região, tampouco é essa intimidade a principal característica das pinturas; nenhuma delas poderia ter recebido o nome de "Impressão do meu vilarejo", mesmo que todas sejam exatamente isso. Por isso eu pude arrastar o trenó com as crianças rodeado por motivos de Astrup por todos os lados sem pensar nisso por um instante sequer. Não porque ele os tivesse pintado um século atrás: para além da estrada movimentada e de uma que outra casa nova, praticamente tudo permanece como era naquela época. O cenário sobre o qual a neve pesada e úmida caía naquela manhã cinzenta era o mesmo que ele havia pintado, tanto as silhuetas das montanhas que desapareciam sob as nuvens baixas quanto a superfície cinza da água, que parecia indistinguível da névoa que pairava logo acima, embora não parecesse haver um ponto de contato. Voltamos menos de uma hora depois, as crianças estavam exaustas, pouco acostumadas a passar todo esse tempo fora de casa, pelo menos daquela forma, e pensei na época em que eu era pequeno, na maneira como passávamos o dia inteiro na rua e só voltávamos para casa quando a escuridão fosse tão densa que já não pudéssemos enxergar uns aos outros. Logo veio uma sombra de tristeza, provavelmente originada pela minha infância perdida, não pela infância das crianças, que ainda com os rostos corados tiraram as botas e penduraram as calças impermeáveis no cabide antes de sumirem mais uma vez nos iPads. Depois do jantar, fiquei olhando para a estante de livros da minha mãe e passado um tempo peguei um livro sobre Astrup e comecei a folheá-lo. Foi naquele momento que me ocorreu que ele havia pintado todo aquele mundo, e que eu havia crescido com aquelas imagens — tínhamos uma reprodução pendurada em casa, e meus avós tinham outra na sala — sem que esse fato jamais tivesse deixado quaisquer marcas sobre as minhas vivências. Era como se Astrup tivesse pintado um universo paralelo, um mundo que existia ao lado deste. O livro afirmava que Astrup tinha feito registros detalhados sobre tudo o que podia ver a partir da casa pastoral em um caderno de anotações. Moita a moita, árvore a árvore, casa a casa, galpão a galpão. Mas apenas aquilo que existia na infância dele. Tudo o que veio depois havia ficado de fora. Seria esse o universo paralelo? Seria isso o que Astrup havia pintado? A infância só parece um abismo quando estamos distantes. Quando a vivenciamos, a infância é uma série de superfícies e cores, e para Astrup essa infância deve ter sido como uma janela contra a qual pressionava o rosto.

Ouvidos

O curioso a respeito dos ouvidos é que sejam estruturas tão mecânicas. Com membranas, ossos, canais e pequenas cavidades cheias de líquido, poderíamos imaginar o ouvido representado numa oficina de mecânica fina — uma bancada com a pequenina bigorna limpa e lubrificada ao lado do estribo e da cóclea substancialmente maior porém mesmo assim minúscula, talvez em cima de um pano branco que o ferreiro, debruçado por cima daquilo tudo a fim de colocar uma pequena extensão de fibra no interior da arcada mais profunda, tenha empregado para ver melhor aqueles objetos, e também para evitar que a sujeira da bancada se deposite no delicado mecanismo — uma ideia que não teríamos acerca de outros órgãos sensoriais como o olho, por exemplo, ou então a boca. É assim porque o som é um fenômeno mecânico. Um som faz com que o ar ponha-se a vibrar, e essa vibração propaga-se como os círculos concêntricos na superfície d'água em um dia de verão, com uma velocidade aproximada de trezentos e cinquenta metros por segundo. Essas ondas, que são invisíveis para os olhos, mas que assim mesmo existem como realidades físicas, são levadas ao interior da cabeça por uma espécie de funil, em que o ouvido externo, composto de discos de cartilagem levemente inclinados em ambos os lados da cabeça, mais ou menos na altura do nariz, conduz as ondas sonoras por uma passagem, onde essas por fim se chocam contra uma fina parede e então morrem. Mas a força dessas ondas no momento do impacto permanece viva em um movimento similar ao de peças de dominó, pois a vibração nessa parede a seguir propaga-se em uma vibração que atinge ossos extremamente delicados, e então passagens repletas de líquido, que também vibram e tremem, até que o movimento atinja o exíguo espaço onde se encontram todos os terminais nervosos, dispostos como uma espécie de tapete sensorial, que faz com que impulsos elétricos rápidos como relâmpagos sejam levados ao cérebro por meio dos minúsculos cabos que lá se encontram.

Todas as crianças já viram uma pessoa trabalhando ao longe — por exemplo um vulto que desfere marretadas numa pedra — e impressionaram-se ao notar que os sons não coincidiam com o movimento. A marreta atinge a pedra em total silêncio, e apenas no instante seguinte o barulho se faz ouvir. Mas não é só isso — o barulho também reverbera, e faz-se ouvir diversas vezes em sequência, ta-tac!, e depois mais ao longe, ta-tac, ta-tac. O sentimento que tive ao compreender que o som também era uma coisa física, uma coisa que se movimentava através do espaço, foi de clareza, de que o mundo não tinha segredos, e de que não havia profundezas, mas tudo era aberto e claro como a água de um córrego, o chão coberto de neve, o céu coalhado de estrelas.

Mas, se o complexo que forma o órgão da audição é mecânico por natureza, é também sensível e vulnerável a erros, por ser muito preciso, por estar ligado por meio de canais ao restante do crânio, tanto ao nariz quanto à garganta e à boca, e também por desempenhar outras funções para além da transmissão de som, como a manutenção do equilíbrio, feita graças às minúsculas formações de cálcio chamadas de otólitos, que se localizam no interior de cavidades e movimentam-se sobre outro tapete de nervos toda vez que mexemos o corpo, de maneira que a posição da cabeça seja continuamente registrada. Como o ser humano é simples! Bastam membranas e ossos sensíveis para que possamos ouvir. Bastam pedrinhas no ouvido para que possamos manter-nos em pé. Nesse sentido não estamos longe dos dinossauros, que, para ajudar a digestão, engoliam pedras enormes, que se chocavam umas contra as outras no interior do estômago à medida que caminhavam, e assim moíam o alimento. Quando as pedras acabavam desgastadas, os dinossauros regurgitavam-nas e engoliam novas pedras. Talvez pareça primitivo, mas isso mostra que a divisão entre as criaturas e o mundo da matéria pode ser muito tênue. Pois de fato é assim: a vida sempre usou todos os meios possíveis a fim de se manter, e sempre incorporou elementos do mundo da matéria ao longo dos constantes processos de refinamento. Eletricidade nos nervos, água nas cavidades, pedras nos ouvidos.

Björn

O rosto de Björn é alongado e quase retangular, o queixo é levemente protuberante, as maçãs do rosto são altas, porém não demasiado marcadas, e a boca parece oblíqua, talvez porque com frequência ele a torça como se estivesse de mau humor. Os olhos são azuis, o olhar é gentil e amistoso. A principal característica de Björn talvez seja a maneira de andar, com passos muito leves, como se quase não tivesse peso e não estivesse de nenhuma forma preso ao chão, mas simplesmente flutuasse. Um sopro de vento poderia a qualquer momento levá-lo: essa é a impressão que tenho ao vê-lo no pátio, caminhando em direção à casa onde me encontro, ou então nas estradas rurais ou ainda nas ruas da cidade. Nunca me engano em relação àquela silhueta, mesmo que eu o veja de costas a cem metros de distância, no meio de uma multidão, eu sei: aquele é Björn. A leveza do andar não poderia ser descrita como elegante, porque ele é alto e tem braços e pernas muito longos, que parecem se balançar de um lado para outro, mas antes como etérea, como um andar que parece estar mais relacionado ao ar do que à terra, como se, caso pudesse, ele a qualquer instante fosse abrir os braços e, depois de ruflá-los como um grou ou um pelicano, estivesse pronto para alçar voo. Mas Björn se veste sempre de maneira elegante, com camisas, blusões de lã de carneiro, lenços de pescoço, ternos, paletós, mas também casual, no sentido de que o aspecto elitista dessa forma de vestir não o torna pesado, não representa nenhum tipo de fardo, mas para ele parece ser apenas uma coisa natural. Quem se vê na companhia dele logo descobre que essa elegância não é incondicional, mas uma característica enganadora e desleixada — os paletós estão amarrotados, com frequência sujos, como se ele tivesse arrumado o jardim usando aquelas roupas, as camisas têm manchas de comida, como aquelas deixadas por ovos ou molho, e os cabelos dele, de uma coloração loira, agora já um pouco mais escuros, parecem estar sempre desgrenhados. Ele gosta de conversar, não importa muito a respeito do quê, segundo me parece, o importante é estar na companhia de outras pessoas, e não sozinho. Se é ele quem decide o rumo da conversa, com frequência os temas voltam-se à história, e em especial à história militar, tanto sueca como também alemã e russa, desde o século XVII até a era contemporânea, e também às ciências naturais, em especial astronomia, e à geopolítica. Ele tem peso em tudo aquilo que diz, porque sabe muitas coisas e viajou pelo mundo inteiro, viu os lugares mais exóticos, mas ele nunca exerce esse peso, nunca domina a conversa: parece que a dominância e a autoridade são traços estranhos a seu caráter. Quando surge um conflito, ele sempre o trata como uma bagatela ou então o ignora, e quando essas abordagens não funcionam ele se retira. E essa necessidade de companhia — por quê? O que o impede de estar sozinho? — e o fato de que ao mesmo tempo não suporta conflitos nem dominância são aquilo que o transforma numa pessoa tão inquieta, tão independente, tão leve. Björn tem uma essência suave, um espírito amistoso, mas o caráter arredio e avesso a deveres sem dúvida já magoou outras pessoas, porque esses traços sempre culminam mais cedo ou mais tarde em irresponsabilidade. Björn tem sessenta anos, mas não se acomodou nem um pouco: a irrequietude é demais para que se permita uma coisa dessas. A única característica que poderia qualificá-lo como um velho é a vontade de adoçar tudo. Ele põe três colheres de açúcar no café, e sempre tem uma guloseima à mão. Quando me sento com ele e por um motivo ou outro desvio o olhar para o lado ou para baixo, e então torno a encará-lo de repente, ele sempre tem um sorriso nos lábios, como se soubesse coisas a meu respeito que eu nem ao menos suspeito.

Lontra

A lontra tem olhos redondos e pretos, um nariz marcante em forma de meia-lua e uma boca larga, com cantos que apontam para baixo. O formato da boca confere à lontra um aspecto insatisfeito ou bravo, e por vezes até mesmo triste. O mesmo vale para o olhar, que muitas vezes é o tipo de olhar que os romances policiais chamam de "penetrante", mas que pode também parecer melancólico. As vibrissas sob o nariz parecem um bigodinho ralo, e as orelhas protuberantes reforçam ainda mais a pouca altura da testa. Mesmo com tudo isso, pouco se diz sobre a aparência da lontra, uma vez que ela se encontra relacionada em um grau muito elevado ao movimento, à velocidade, à agilidade e à timidez, características que viram de ponta-cabeça os traços do rosto, ou os escondem quase por completo. Houve um inverno em que tive uma lontra como uma espécie de espírito-guia: eu a vi regularmente ao longo de três meses, quase sempre quando o dia raiava ou o sol baixava, mas a lontra nunca chegava perto o bastante ou permanecia imóvel por tempo suficiente para que eu pudesse dar uma boa olhada no rosto dela. Era como se o rosto fizesse parte da maneira como ela se mexia, que por sua vez parecia fazer parte da essência daquele animal, da impressão que a lontra deixava quando por fim sumia. Uma criatura inquieta, que estava sempre a caminho, em uma busca sistemática, porque ela parecia vigiar todo o panorama quando se movimentava, parando de vez em quando e olhando para os lados, em um evidente contraste com o centro de gravidade baixo — a lontra tem patas curtas e é muito comprida em relação à altura, os padrões de movimento chegam a lembrar uma enguia por se orientarem muito em função do chão, e é justamente no chão, de onde a lontra mal parece ter saído, e do qual parece quase fazer parte, que se encontram os domínios da lontra —, e de repente ela adotava uma postura imponente, esticava o pescoço e olhava para o horizonte no oeste ou então para as outras ilhas no leste. Outras vezes, em terrenos mais espaçosos e mais planos, os movimentos revestiam-se de um caráter ondulante e espasmódico, mais ou menos como o andar das martas, com as quais as lontras têm parentesco. Na água, quando tinha apenas a cabeça para fora da superfície, ela parecia uma pequena foca.

Cheguei à ilha numa tarde de janeiro, o dia já havia escurecido quando pisei no trapiche e a temperatura estava muito baixa para aquele ponto da costa: fazia quinze graus negativos. Eu tinha alugado uma casa por lá, o interior parecia estar intacto desde a década de 50, e durante a primeira noite, antes que a calefação estivesse em funcionamento, eu dormi no sofá, vestido e com três edredons. Só havia outros quatro moradores na ilha: uma família de três pessoas, que passava quase o tempo inteiro dentro de casa, e um sujeito bastante solitário que morava no sótão de um abrigo de barco; só notei a presença dele várias semanas mais tarde. A ilha era pequena, e eu logo me familiarizei com todos os detalhes daquele cenário em meus passeios de um lado ao outro. A primeira vez que vi a lontra foi sob a luz do único poste de iluminação pública no trapiche, logo abaixo da casa; ela devia ter saído da água, e naquele instante sacudia-se para secar o corpo. Eu a segui com os olhos enquanto ela, com movimentos como que saltitantes, afastou-se da luz e avançou rumo à escuridão da ilha. Quando a vi de novo foi no outro lado da ilha: ela estava nadando a cerca de vinte metros da costa. O mar estava todo espelhado, e a neve acumulada em todas as superfícies ao longo dos escolhos fazia com que a água parecesse completamente preta. A lontra deslizou para cima de uma rocha um pouco adiante, parou e olhou para mim e então deu um salto e foi embora. Havia uma coisa solitária naquela criatura, que parecia estar sempre sozinha, e sempre a caminho de um lugar ou de outro, como se tivesse uma grande região a percorrer, como um vigia ou um fiscal num mundo onde não existe nada disso. Na maioria das vezes eu via a lontra no trapiche, da janela, e aquela visão me alegrava, de certa forma eu me sentia ligado àquele animal, porque estávamos juntos naquele lugar. A não ser por um telefonema semanal para a minha mãe, eu não falava com ninguém. Em duas ou três ocasiões a ilha ficou coberta de neve, e então saí e procurei rastros da lontra. Os que encontrei com frequência seguiam pelas mesmas rotas, e sempre acabavam à beira-mar. Num belo dia de sol descobri o que parecia ser como que um tobogã de neve, uma trilha que descia rumo ao interior de um dos escolhos. Aquilo me deixou curioso, e nos dias seguintes tomei o rumo do escolho, para ver se aquilo era como eu havia pensado. E era. Certa tarde a lontra surgiu numa pequena rocha; eu estava longe, mas com o céu azul-escuro ao fundo a silhueta dela era clara. Ela correu até o rastro liso e de lá escorregou até o fim, para então deslizar pela água, mergulhar e sumir de vista. Não havia nenhuma razão prática para que a lontra deslizasse por um tobogã: ela devia fazer aquilo porque era divertido, porque lhe trazia alegria. E essa ideia, a de que uma criatura que é um predador solitário de repente pudesse se erguer acima da própria existência instintiva e aproveitar a vida, se acendeu como uma luz dentro de mim, e foi o primeiro sinal do lento movimento para longe da escuridão trazido pelas semanas a seguir.

Social

Nos meses de inverno que passei naquela ilha minúscula no meio do oceano não aconteceu praticamente nada. Cheguei da cidade, onde o tempo inteiro acontecem coisas, tanto na periferia da vida que eu levava — com as pessoas em carros, ônibus, caminhando em praças, entrando e saindo de prédios e lojas — como também no centro: cafés da manhã, jantares e tardes em frente à TV na companhia da mulher com quem eu era casado, telefonemas constantes, reuniões constantes, festas constantes. Na ilha deserta não havia nada disso. Durante as primeiras semanas, essa ausência foi como um anseio insaciável sentido por todo o meu ser. Em razão disso não havia paz nenhuma em estar lá, porque tudo o que a tranquilidade e a ausência de acontecimentos faziam era abrir espaço para a irrequietude, que parecia se debater de um lado para outro dentro de mim. A força do social não é sentida enquanto não a perdemos, mais ou menos como um viciado sente a força da heroína apenas quando não a consegue. Ao mesmo tempo, é na solidão e no vício que se encontra a batalha, é no interior dessas coisas que as forças se revelam, enquanto no exterior a heroína e o social existem independentemente de qualquer outra coisa e mostram-se o tempo inteiro passivos e indiferentes.

Eu precisava de outras pessoas: essa ausência me incomodava e me perturbava. Mas para que eu precisava dessas outras pessoas? Para ser visto? Para ser tocado? Para ser aceito? Eu não gostava que tocassem em mim, então não era isso, mas queria ser visto e estava sempre em busca de aceitação — mas assim mesmo não era nada disso, porque como autor é possível ser visto e aceito sem ver ninguém. Mas o que era, então?

Essa necessidade profunda de outras pessoas, que parecia gritar dentro de mim enquanto eu andava pela casa vazia, ou pela ilha vazia, aos poucos tornou-se mais fraca, e então começou a desaparecer por horas a fio, e mais tarde por dias a fio. Como o nosso âmago nunca está vazio e nunca está em repouso, nem mesmo quando dormimos, porque o tempo inteiro recebe impressões, pensamentos e ideias, outras coisas infiltraram-se no lugar a princípio ocupado pelo social e mais tarde pelo anseio em relação ao social. Eram os acontecimentos não sociais. Esses acontecimentos eram profundamente ricos e complexos, porém tinham uma natureza de todo distinta. Era a muralha de nuvens que se acumulava no horizonte e que fazia o mar escurecer ao chegar. Era o tilintar das correntes e os estalos dos cabos dos barcos e das cordas das bandeiras quando o vento soprava. Era o uivo do vento ao dobrar a quina das casas, era o ronco abafado das ondas que chegava do outro lado da ilha. Era o anzol que por um instante ficava na palma da mão, com a haste enferrujada mas a barbela afiada contra a pele, tornada vermelha pela água fria e salgada. Era o cheiro do sabão que me fazia pensar num sabão da minha infância, eram os dois peixes no metal reluzente da pia que de repente começavam a se debater. Era a velha neve endurecida que se via recoberta por neve recém-caída, e que me fazia pensar na relação entre os avós e os netos. Nada disso era o suficiente: o anseio por mais crescia o tempo inteiro em mim, e assim mesmo o que já havia era muito, então o que afinal estava faltando? Não existia resposta. O anzol, com o pequeno festão de alga marinha, parecia bonito na palma da minha mão, mas não oferecia respostas a nada em meu âmago, e tampouco respondia ao que quer que eu fizesse, a não ser de forma puramente mecânica, ao descrever um arco de trinta metros pelo ar e penetrar na superfície dura da água com um discreto chapinhar quando eu lançava o anzol, ou então ao tilintar contra a rocha quando eu já o tinha recolhido quase por completo ao molinete e dava um último puxão na vara, quando a água parecia soltá-lo e o anzol caía às minhas costas. Estar lá transformou-se num exercício de não esperar nenhuma resposta, nenhuma reação, e também de aceitar que tudo existia apenas em si mesmo e interagia somente de forma mecânica. O que aprendi foi que a expectativa de uma resposta é de tal maneira profunda que talvez pertença às mais elementares características humanas, que talvez seja a nossa própria essência. E o que entendo hoje é que esse mundo virtual em que os nossos filhos crescem é tão viciante justamente porque satisfaz essa necessidade de resposta e reação, e porque faz isso de modo instantâneo. Assim o virtual chega ao âmago do social e oferece-nos todas as recompensas do social, sem que tenhamos de pagar o preço do social, de maneira que hoje podemos estar totalmente sozinhos, em nossa ilha particular, sem que as interações mecânicas jamais precisem fazer com que a necessidade de ver outras pessoas surja em nosso interior e comece a se debater em fúria, como um animal recém-capturado numa jaula.

Cortejo fúnebre

Certa manhã na ilha eu desci até a sala e vi que um barco tinha atracado no ponto mais distante do trapiche. Nevava muito e o vento soprava com muita força, os flocos se deslocavam quase na horizontal, e a visibilidade era um tanto ruim, mas assim mesmo não tive nenhuma dificuldade para compreender que aquele era um barco-ambulância. Até aquele momento eu não sabia que barcos-ambulância existiam, mas era claro que deviam existir, porque havia muitas ilhas ao longo da costa, e com frequência os habitantes dessas ilhas deviam precisar de transporte médico em razão de situações que não eram nem graves nem urgentes o bastante para justificar o emprego de um helicóptero-ambulância, que seria bem mais caro.

A água na baía estava totalmente preta, e o cenário que se erguia como um V em ambos os lados era cinza e branco. O navio balançava nas ondas e puxava os cabos de amarração como um cachorro preso na coleira. Fui até a cozinha e passei manteiga numas fatias de pão. Quando voltei à sala com o prato numa das mãos e um copo d'água na outra, notei um grupo de quatro pessoas caminhando ao longo da estradinha. Duas levavam uma maca entre si. O paciente estava coberto por uma espécie de cobertor feito em material preto, que parecia uma lona. Pensei que talvez fosse um aparato especial para o transporte de doentes por via marítima, que o mar às vezes estivesse tão agitado que os cobertores ou edredons comuns não serviriam para os pacientes, mas teriam de ser impermeáveis. O grupo sumiu por trás das paredes do abrigo de barco e depois reapareceu ainda no trapiche, seguindo em direção ao barco. Mesmo que as silhuetas se delineassem nitidamente contra o turbilhão de neve e as nuvens ligeiras ao fundo, a cena parecia ter um caráter difuso, como se não apenas os flocos de neve parecessem borrados. Havia um elemento fantasmagórico naquelas quatro figuras que carregavam uma quinta, como havia um elemento fantasmagórico nos abrigos de barcos, que permaneciam lá com as janelas e portas abertas, e também no trapiche, que em razão dos guindastes parecia estar prestes a entrar em outra dimensão. Mesmo assim, foi somente quando todos pararam em frente ao barco, largaram a maca e um dos homens fez um movimento por cima do vulto que lá se encontrava, ou melhor, por cima do saco que lá se encontrava, dando assim a impressão de fechar a parte superior com um zíper, que eu compreendi o que tinha acontecido, e que o corpo que aquelas pessoas carregavam estava morto, e que haviam ido até lá para levá-lo de volta ao continente.

Os quatro se abaixaram. Em seguida tornaram a erguer a maca e a colocaram a bordo. O motor foi ligado, as amarras foram soltas e logo a seguir o barco saiu de ré, virou-se lentamente e começou a fazer a travessia do estreito em baixa velocidade, sob aquele céu pesado e cinzento de onde uma infinidade de novos flocos caía em meio ao frio e à ausência de vida.

Mas enquanto o quarto homem, que havia permanecido no trapiche, começou a se afastar pela estrada e logo desapareceu atrás do abrigo de barco, acompanhei o barco-ambulância com os olhos, mais ou menos à espera de que continuasse à velocidade de um navio pesqueiro em respeito ao morto, porém assim que deixou os escolhos para trás a embarcação aumentou a velocidade e surgiu um estranho efeito causado pelo aumento de volume no ronco do motor, ao mesmo tempo que o volume baixava em razão do afastamento. Assim que o barco foi engolido pela névoa cinzenta, pensei que a morte era precisamente daquela forma.

Gralhas-cinzentas

As gralhas-cinzentas são pássaros de plumagem cinzenta com a cabeça preta, asas pretas, bico preto e garras pretas. Assim como as corujas, desde a antiguidade são associadas à morte, embora por outros motivos, pois enquanto a coruja pertence à noite em razão do voo silencioso e da essência misteriosa, a gralha-cinzenta é onipresente e tem uma essência barulhenta, quase espalhafatosa. A cabeça preta se parece com um capuz, que dá a impressão de estar preso ao peito e ao dorso cinzentos, mais ou menos como os capuzes usados pelos verdugos, e com os barulhos que fazem, que mais parecem gritos do que cantorias, aqueles *cró cró cró* roucos e estridentes, a impressão geral é a de uma coisa desagradável, o que não se pode dizer a respeito das corujas, de maneira que, embora ambas prenunciem a morte, trata-se de mortes distintas, ou de diferentes aspectos da morte. Talvez as corujas estejam relacionadas à transição, uma vez que planam floresta afora ao crepúsculo ou então no raiar do dia, como se estivessem entre a noite do além--túmulo e o dia terreno, enquanto as gralhas-cinzentas, muito visíveis e muito audíveis, expressam tudo aquilo que há de feio, corpóreo e físico acerca da morte. O fato de que as gralhas-cinzentas não parecem esconder nada, e assim criam tudo isso, não apenas a feiura que podemos entrever aqui e acolá, mas essa feiura que se revela sem nenhuma vergonha, leva-nos a pensar também no corpo morto, que já não tem nada a esconder, mas está condenado a revelar tudo.

A última vez que avistei uma gralha-cinzenta foi hoje pela manhã: ela estava na rotatória nos arredores de Ystad e olhou para o carro enquanto eu levava as crianças para a escola. No mais, não existem muitas gralhas nesse panorama — quer dizer, as gralhas existem, mas são na maioria de outra espécie que não a gralha-cinzenta que me acompanha desde a infância: as gralhas daqui são menores e totalmente pretas, por muito tempo imaginei que fossem gralhas-das-torres, mas as gralhas daqui têm o bico mais claro, e essas têm o bico preto, então cheguei à conclusão de que devem ser gralhas-calvas. Esses pássaros comportam-se de um jeito totalmente distinto em relação às gralhas-cinzentas: surgem em enormes revoadas, às centenas, e todas as tardes chegam voando por cima dos telhados, pelos espaços entre as copas das árvores — no verão, quando as árvores estão repletas de folhas e reluzem ao sol, é uma visão bonita, mas agora, quando os galhos estão nus e pardacentos, a cena parece estéril e desesperançosa — rumo ao lugar onde passam a noite, as enormes árvores que se erguem numa aleia a talvez cem metros da nossa casa. Todas as tardes as gralhas enchem o ar de gargalhadas, tudo soa como uma cúpula sônica que esses animais constroem ao redor do ponto onde estão, e, se no início eu achava isso meio sinistro, porque era quase como se o som viesse de uma única criatura incapaz de encontrar repouso na escuridão, hoje esse é um som que me traz paz, uma confirmação de que tudo está como devia estar.

Mas então por que justamente a gralha simboliza o mal e os

maus augúrios, quando existem tantas outras criaturas feias na natureza?

O mesmo que vale para a gralha vale também para a coruja: esses pássaros têm elementos humanos, e assim chegam mais perto do nosso mundo do que uma minhoca, um sapo ou uma gaivota. A gralha-cinzenta que vi hoje pela manhã começou a caminhar pela grama amarelada quando passamos de carro, e, em razão das asas pretas e do corpo cinza, dava a impressão de estar andando com as mãos nos bolsos enquanto fazia pequenos acenos de cabeça para si mesma. Eu sorri, porque me lembrei de outra gralha na minha vida. Ela morava perto da casa dos meus avós. Meu avô, que atribuía a todos os pássaros características e significados, tinha profunda antipatia pelas gralhas-cinzentas, era um sentimento próximo do ódio, e antigamente, quando ainda estava em plena forma física, chegava a pegar a espingarda para atirar contra elas. Quando ele atirou naquela gralha, não a acertou em cheio: só conseguiu arrancar-lhe a perna. A gralha continuou viva por muitos anos, e com frequência era avistada no jardim. Pode ser que tenha esquecido o que meu avô certa vez tentou fazer, mas eu sempre imaginei que essa lembrança estava gravada, e que a gralha permanecia lá, como o Capitão Ahab em cima da árvore, observando o meu avô enquanto lá embaixo ele ia até o galpão no entardecer.

Limites

Estou fora de mim. A intranquilidade é como uma escassez, uma falta repentina, como se uma coisa que o meu corpo deseja tivesse sido arrancada de mim. Os sentimentos agitam-se e batem--se contra as paredes em meu âmago. Mas somente quando o equilíbrio entre mim e as outras pessoas é perdido. Quando outra pessoa me pede uma coisa e eu digo não. Ou quando outra pessoa diz não e eu mesmo assim insisto. Sempre evito essas duas situações, tanto dizer não como impor a minha vontade a quem não quer. Essa é uma fraqueza: ser tão sensível à vontade dos outros que não ousamos desafiá-la. O arquétipo para o encontro entre a vontade própria e a alheia é como o encontro entre um pai e um filho: é nesse contexto que a relação se apresenta, e tudo o que vem depois são variações. É por isso que estou fora de mim.

Uma hora atrás devíamos ter almoçado e uma das meninas não quis sentar-se conosco, em vez disso ela saiu ao corredor e calçou as botas e a capa de chuva, pois queria sair para comprar as guloseimas de sábado. Eu disse que ela podia fazer isso mais tarde, mas não no horário do almoço. Ela disse que estava sem fome.

Eu disse que tudo bem, mas que assim mesmo precisaria sentar-se conosco à mesa. Ela respondeu que não e abriu a porta. Eu a peguei pela cintura, puxei-a de volta para dentro de casa, ela tentou se agarrar ao marco da porta, eu a arrastei pelo corredor de volta à sala, ela se debateu e esperneou, tentou mais uma vez se agarrar a alguma coisa, mas eu a impedi e a coloquei no lugar à mesa, onde todos os outros nos olhavam em silêncio. Você vai ficar sentada aqui até que todo mundo tenha acabado de comer, eu disse. Ela imitou de maneira debochada os movimentos da minha boca porque não queria ser humilhada na frente dos irmãos, mas vi que ela tinha lágrimas nos olhos. Ela se virou na cadeira e olhou para o outro lado, com o rosto voltado para longe. Comemos em silêncio, ninguém disse nada. De repente ela se virou, serviu comida no prato e começou a comer de maneira desesperada, grãos de arroz caíam em cima da mesa, o garfo e a faca retiniam contra o prato. Eu disse que ela teria que parar, ela respondeu, estou comendo, não era isso o que você queria? Era, disse, mas eu queria que você comesse direito. Eu como do jeito que eu bem entender, ela retrucou. Os olhos ainda estavam úmidos. No mesmo instante em que o último acabou de comer ela se levantou, marchou para fora de casa, bateu a porta, passou em frente à janela e se afastou. Eu tirei a mesa e saí. Um dos deveres mais importantes dos pais é estabelecer limites para os filhos, não porque aquilo que as crianças fazem quando se excedem seja necessariamente perigoso, mas porque as crianças precisam saber que os limites existem, que nem tudo no mundo está aberto, porque a abertura e a falta de limites oferecem riscos, nessas situações as crianças veem-se entregues a si mesmas, e assim a imposição de limites, o estabelecimento de uma rotina e a determinação de regras servem para dar-lhes segurança, para tornar o mundo um lugar reconhecível e previsível. Por outro lado, uma das piores coisas que os pais são capazes de fazer com os filhos é afrontá-los, fazer com que se vejam humilhados ou sintam-se impotentes. Foi o que acabei de fazer. E é doloroso saber disso. Ela também sente essa mesma dor, mas pelo motivo oposto. Eu conheço a sensação, poucas lembranças minhas são mais fortes do que as ocasiões em que o meu pai me afrontou impondo as vontades dele, me colocou de joelhos por uma bagatela qualquer, a sensação de ser fraco e de não valer nada enquanto eu lutava chorando, sem nenhuma esperança de vencer no final, porque a vontade dele era mais forte do que qualquer outra coisa em mim.

Minha única vontade agora é endireitar as coisas. Mas, se eu me aproximar dela para explicar o que aconteceu, ela vai simplesmente enfiar os dedos nos ouvidos, porque mesmo após uma afronta é melhor estar em paz. Sendo assim, o que vou fazer é pegar o martelo e uns daqueles grampos usados para prender fios e instalar a luminária que por meses venho prometendo instalar no teto do quarto dela. A luminária é composta de uma série de lâmpadas japonesas em diversas cores, e vai ficar pendurada como uma guirlanda acima da cama dela.

Cripta

No mesmo ano em que foi realizada a terceira grande escavação de um navio viking em Oseberg, na Noruega, Ålesund pegou fogo. Na época, os navios vikings estavam colocados em salões de exposição provisórios, e o grande incêndio na cidade fez com que o processo de construção de um museu destinado a abrigá-los fosse acelerado. O arquiteto Fritz Holland sugeriu a construção de uma enorme cripta sob o palácio. A ideia era que essa cripta tivesse sessenta e três metros de comprimento e quinze metros de largura, com um nicho destinado a cada navio. As paredes seriam cobertas por altos-relevos com motivos vikings. Existem projetos desse salão de exposição subterrâneo. O projeto é cheio de arcos e abóbadas, e tudo é feito de pedra. Os navios aparecem em pequenas depressões no chão. O lugar parece acima de tudo uma câmara mortuária, e esse seria um ambiente propício, talvez se pudesse imaginar, tanto porque os três navios foram originalmente encontrados em túmulos como também porque, colocados numa cripta subterrânea sob o parque do palácio, surgiriam como aquilo que eram: resquícios de um mito nacional, expirados na realidade e vivos apenas como símbolos. A cripta jamais foi construída, e a força da história sobre a criação de uma identidade nacional sumiu quase por completo desde então. Existe um outro projeto jamais realizado para Oslo, feito na década de 20, com prédios altos, similares a arranha-céus ao longo da Karl Johans Gate e zepelins pairando acima da cidade. Quando olho para esses projetos, que representam uma realidade que jamais se concretizou, sinto uma enorme força de atração que sou incapaz de explicar, mas também sei que as pessoas que viviam em Kristiania em 1904 teriam visto quase tudo aquilo que hoje nos rodeia, e que praticamente nem percebemos por fazerem parte do cotidiano, de boca aberta, incapazes de acreditar no que estavam vendo. O que é uma cripta de pedra ao lado de um telefone que mostra imagens instantâneas? O que é a escritura da "Draumkvedet" ao lado de um robô que corta a grama de maneira automática?

Uma vez que a contação de uma história tem como fundamento a verossimilhança, poucas histórias são mais difíceis de contar do que aquelas que revelam ser contrafactuais. Enquanto as histórias que se desenrolam em realidades paralelas ou no futuro encontram-se em princípio totalmente à parte dos acontecimentos em nosso mundo, e em razão disso são livres, as histórias contrafactuais encontram-se intimamente ligadas à realidade, pois o que exigem de nós, que deixemos de lado tudo aquilo que sabemos para assim permitir que o peso amplo e maciço do conhecimento torne-se mais leve do que um simples raciocínio num livro único, é difícil de se conceder. Por outro lado, cada um dos momentos em que vivemos está aberto em várias direções: é como se houvesse três ou sete portas, como nas fábulas, que levam a cômodos onde se encontram diferentes futuros. As ramificações hipotéticas do tempo são interrompidas a cada nova decisão feita, e jamais existiram em si mesmas, mais ou menos como os rostos que vemos nos sonhos. Enquanto o passado está para sempre perdido, as coisas que não aconteceram estão duplamente perdidas. Essa situação leva a uma estranha forma de sentimento de perda, a uma melancolia do passado não realizado. Esse sentimento parece exagerado e desnecessário, uma coisa que poderia ocupar almas ociosas e distantes da vida, mas tem seu fundamento numa concepção e num anseio eminentemente humanos: tudo poderia ter sido diferente.

Inverno

O outono é uma transição, uma época de purga — da luz no céu, do calor no ar, das folhas nas árvores e nas plantas. O inverno que vem a seguir é uma situação: nele o que reina é a imobilidade. A terra se enrijece, a água transforma-se em gelo, a neve cobre o chão. O fato de que essa situação por vezes seja personificada como um rei talvez se deva ao sentimento de que a imobilidade é uma coisa imposta, uma coisa que vem de fora e por assim dizer se impõe sobre o panorama. Rei Inverno é como o chamam, e quando penso nessa figura não consigo evitar as cogitações sobre o tipo de relação que mantém com outra personificação régia, a saber, o Rei Álcool. Duas majestades da queda, dois purgadores do mundo, dois causadores de imobilidade. Um, em grande escala, atinge países e reinos inteiros; o outro, em menor escala, atinge uma pessoa aqui e outra acolá. Mas será que os dois realmente têm características em comum? Pois o Rei Álcool não preside a embriaguez e a vida sem limites? Não seria um monarca da entrega? Quando a embriaguez chega ao sangue, por acaso não é como se a luz se acendesse nos olhos e um calor no âmago suavizasse as nossas feições, como se a vida de repente chegasse numa torrente? Enquanto no inverno o que chega é o frio, que ao contrário do álcool faz com que tudo cesse e todos os processos naufraguem? É o que parece. Porém o Rei Álcool é um ilusionista, a vida que de repente brilha naqueles olhos é ilusória, se parece com a vida, mas não é, e dessa maneira encontra-se ligada ao inverno, que também é palco de acontecimentos que se assemelham à vida. Quando a luz do sol espalha-se por um panorama branco em um dia claro e gelado de inverno, e a neve reluz de maneira bela e encantadora em milhões de facetas, ou quando a aurora boreal em tons de verde ondula nas alturas do céu noturno, essas imagens criam um contraste tão profundo em relação à imobilidade que reina por todo o restante do panorama que seria fácil tomá-las por expressões da vida e de tudo aquilo que é vivo. Mas a luz é fria, não desperta nada, não penetra em coisa nenhuma: o que vemos é apenas um reflexo mecânico. Em poucos lugares esse aspecto sem vida do inverno é representado de forma mais sinistra do que na *Divina comédia* de Dante, onde o último círculo do inferno é descrito como um lago congelado em que os mortos encontram-se presos, tendo apenas a cabeça para fora do gelo. Os mortos não podem se mexer, e até mesmo as lágrimas naqueles olhos são imóveis, congeladas. A única parte do corpo que são capazes de mexer é a boca. Assim podem lançar imprecações e expressar a raiva que sentem, mas enquanto não puderem dar peso às palavras com o próprio corpo, as palavras não têm peso nenhum, não significam nada. Essa imagem me faz pensar nos bêbados que gritam com os passantes no meio da rua, ou então fazem confissões para um estranho num banco de parque, pois mesmo que as palavras dessas pessoas consigam expressar raiva, desespero, alegria e sinceridade, não têm consequência nenhuma, simplesmente permanecem lá, naquela vida rueira. A embriaguez que lhes traz alegria é ao mesmo tempo aquilo que os torna reféns. É assim que recordo o meu pai nos últimos anos de vida: como se ele estivesse preso num lugar de onde não conseguia sair. O inverno dele era interminável, a neve caía e o vento soprava por toda parte, não apenas no pátio da casa onde se encontrava, mas também dentro. É assim que imagino aquilo. Como se a neve caísse e o vento soprasse no quarto, na escada, na cozinha, na sala. Como se para ele o inverno estivesse na alma, o inverno estivesse na mente, o inverno estivesse no coração.

Desejo sexual

Ao lado da fome, da sede e do cansaço, o desejo sexual é um dos nossos sentimentos mais básicos, e tem a mesma estrutura desses. Sentimos falta de uma certa coisa, e no corpo essa falta transforma-se num anseio forte, de intensidade variável, que só pode ser aplacado quando o corpo obtiver aquilo que exige: comida, bebida, repouso, sexo. Porém, enquanto a fome, a sede e o cansaço são marcados por um sofrimento cada vez maior, que nos leva à morte caso as necessidades que manifestam não sejam supridas, e que assim podem ser chamadas de sensações de falta, o desejo sexual consiste em uma situação de excitação, revela-se como a própria essência da exuberância, e, se permanecer insatisfeita, não traz consequência nenhuma ao corpo, mas apenas aos sentimentos, na forma de decepção, raiva, frustração e sentimento de inferioridade. É assim porque o desejo sexual, ao contrário das nossas outras três necessidades primárias, não se resume a suprir as funções básicas do corpo de maneira a evitar que esse morra, porém consiste no exato oposto, em criar nova vida, fora dos limites que lhe são próprios. Por isso o desejo sexual não pode ser aplacado na solidão, mas somente com o envolvimento de outras pessoas, e por isso tem um enorme potencial complicador numa vida e numa cultura. Outras necessidades básicas são supridas por meio de um sistema de transações, e assim existem de certo modo no próprio tecido da sociedade, onde o dinheiro funciona como uma espécie de intermediário — pouquíssimas são as pessoas que produzem a própria comida ou a própria bebida, mas assim mesmo satisfazemos diariamente nossa fome e nossa sede, uma vez que desempenhamos um dos inúmeros trabalhos existentes na sociedade e somos remunerados com o dinheiro que usamos para comprar comida e bebida. O mesmo vale para as roupas, que nos impedem de congelar, e das casas, que além de nos proteger do vento e do frio também protegem tudo aquilo que nos pertence. O mais razoável e o mais politicamente correto seria portanto incluir também o impulso reprodutor nesse sistema, para que todos pudessem comprar sexo quando sentissem tesão, mais ou menos como podemos comprar comida quando sentimos fome. Poderíamos imaginar estações sexuais ao longo das autoestradas, mercados de sexo ao lado dos shopping centers nos arredores das cidades, lojas pequenas e exclusivas de sexo no centro das cidades. O efeito seria colocar a todos em posição de igualdade, e a partir de então se poderia regular a economia da sociedade para corrigir a lacuna entre pobres e ricos, que é onde se encontra a grande injustiça estrutural. Porém a maioria das pessoas ficaria horrorizada com uma sugestão dessas, a despeito da proximidade extrema com a maneira de pensar capitalista. Podemos vender a nossa força de trabalho ou comprar a força de trabalho alheia, podemos viver e funcionar numa sociedade em que todos os valores são convertidos em dinheiro, a ponto de pagarmos outras pessoas para que cuidem dos nossos filhos, enfim, numa sociedade em que tudo aquilo que temos, possuímos e fazemos é comprado e vendido — tudo, menos sexo. Por quê? Para compreender o papel desempenhado pelo desejo sexual em nossa cultura, podemos, como um experimento mental, excluí-lo por completo. Como funcionaria uma sociedade na qual ninguém sente apetite sexual, e na qual a reprodução é feita por meio da inseminação artificial? Os dois sexos acabariam por tornar-se cada vez mais iguais, e por fim se transformariam numa única e mesma coisa. Essa criatura monossexual, que não desejaria nenhum dos semelhantes, teria apesar disso mantido intactos todos os demais sentimentos humanos, como a ternura e o amor pelos outros. Mas sentimentos como a ternura e o amor não arriscam nada, porque têm como objeto uma coisa que já se encontra lá. O amor tem por objetivo a própria manutenção, e aceita como alternativas somente o aprofundamento ou o fim. Seria uma sociedade sem guerra, uma sociedade sem violência, e por esse motivo uma sociedade que atinge uma utopia de bondade e de segurança. Ninguém teria a ideia de raptar Helena. Seria uma sociedade em que tudo aquilo que hoje existe apenas na fachada da classe média tomaria conta de todos os demais aspectos da vida, uma sociedade em que ninguém tem nada a esconder, uma sociedade sem nenhum segredo. E o sexo acabaria sendo encarado mais ou menos como hoje encaramos o canibalismo, uma coisa bárbara e primitiva, uma atividade que consumia as pessoas e espalhava desgraça ao redor, com elementos de violência, conquista, desprezo e dominação. Acabaria sendo visto como expressão de um sistema de valores em que o exterior triunfava por completo sobre o interior e assim criava uma dissonância com tudo o que sabíamos acerca do valor de um ser humano, centrado como estava num prazer desconhecido em todas as demais esferas da existência humana, explosivo a ponto de, estando fora de controle, tornar-se o fim último de todas as coisas — em suma: o sexo pareceria uma atividade subversiva, que por muito tempo havíamos tentado controlar ao cercá-lo de regras e tabus, sentimentos vergonhosos, eufemismos e mentiras, até que pudéssemos, por meio do esclarecimento e de novos métodos conceptivos, afastá-lo por completo da esfera humana. Essas novas pessoas afagam o rosto umas das outras como forma de encorajá-las e têm uma existência agradável, mas por outro lado isso é tudo o que têm.

Thomas

Os olhos de Thomas são fundos, amendoados e distantes um do outro, o que lhe confere um aspecto levemente mongol. Ele é em parte calvo: tem cabelos nas frontes e na nuca, e usa um cavanhaque curto no queixo e na parte inferior da boca, enquanto as bochechas são lisas. Tudo isso faz com que ele se pareça com Lênin, que é uma impressão que você tem ao vê-lo pela primeira vez, porém mais tarde esquece. Certa vez Thomas me contou sobre uma ocasião em que estava em Estocolmo na manhã de um domingo, completamente sozinho pelas ruas vazias. Uma limusine havia chegado e parado no cruzamento logo à frente. Um homem olhou para fora da janela no banco de trás, e Thomas o reconheceu: era Gorbatchóv. Os olhares de ambos se encontraram, Gorbatchóv ergueu a mão em um cumprimento e a seguir a limusine seguiu pela rua vazia. Thomas deu uma boa risada ao contar essa história. Talvez Gorbatchóv tivesse achado que havia um elemento familiar nele e por um instante fugaz houvesse se imaginado diante de um velho amigo, ou então o cumprimentara simplesmente para honrar aquele brevíssimo encontro entre duas pessoas. Thomas é fotógrafo, mas ao contrário da maioria dos fotógrafos ele não tem grande interesse pelo instante, são muito raras as coisas que acontecem somente uma vez, ele fotografa, e quando fotografa há sempre também outra coisa que se expressa naquele instante, que é a permanência. Sim, Thomas ocupa-se com a permanência. E, de uma estranha forma, essa característica atemporal parece ter se integrado à personalidade dele, pois, mesmo que tenha nascido na década de 50, vivido a juventude na década de 60 e passado os primeiros anos como adulto na década de 70, em Estocolmo, ao lado de outros fotógrafos que mais tarde se tornaram conhecidos, ele quase nunca fala sobre o passado: o que lhe interessa é o que acontece no agora. Thomas é uma pessoa de trato fácil, a personalidade dele exige pouco dos outros, e em razão disso seria igualmente fácil subestimá-lo, pelo menos no meio de outros artistas, uma vez que ele não diz nada para ocupar espaço, mas apenas quando de fato tem o que dizer. Existe uma grande escuridão nas fotografias dele, são imagens repletas de sombras e muros, e também há uma escuridão nele, em particular durante o inverno, mas isso não chega a ser um peso para os outros, porque a escuridão de Thomas não exige nada, não acrescenta nada a um contexto social, mas simplesmente retira uma coisa, uma parte da presença dele, que por vezes cessa, como se ele estivesse em outro lugar. Mesmo que assim pareça isolado, Thomas jamais tem uma aura de solidão. Tenho a impressão de que fica sozinho quando, tomado pela escuridão, se vê sem companhias, mas também de que outras pessoas o tiram de si mesmo, e de que Thomas demonstra um interesse tão genuíno nesses encontros que durante aqueles momentos chega a habitá-los. A grande tristeza de Thomas é não ter filhos, e quando o conheci eu tomava cuidado ao falar dos meus, porque tinha receio de magoá-lo, mas depois entendi que ele não fazia esse tipo de conexão pela forma como ele falava sobre os meus filhos, sobre os pequenos detalhes a que prestava atenção, que para ele representavam a essência das crianças, o aspecto permanente delas. Thomas não é nenhum intelectual, as fotografias não são produzidas por praticamente ninguém, ele se apresenta ao mundo por inteiro, sem nenhuma teoria, mas isso não significa que o mundo que ele cria é aberto, apenas que é fechado de uma forma pessoal. O mundo em que opera quando por exemplo senta-se no sofá do meu estúdio e ri, e o *snus* colocado sob o lábio superior faz com que os dentes dele pareçam manchados, como um lobo, mantém-no aberto, mais ou menos como uma estrada é mantida livre de neve, e confere-lhe vida, enquanto o isolamento, a escuridão e a morte dentro dele fecham o mundo que cria. Assim é Thomas: ele posta-se à luz e tira fotos da sombra projetada.

Trens

O primeiro barulho do trem é um leve sussurro, indistinguível do vento que sopra em meio às árvores. Depois vem o sinal de um desvio de nível mais adiante, também fraco, e podemos imaginar as cancelas baixando por lá, uma de cada lado dos trilhos, mesmo que não haja vivalma nos arredores. Estamos na rua com o carrinho de bebê, é inverno, o céu está branco, a velha estrada rural que atravessa a floresta está coberta por uma fina camada de neve, que com o menor sopro de vento movimenta-se em padrões distintos sobre o gelo que ocupa os sulcos feitos pelas rodas. O sussurro é seguido pelo som mais intenso e metálico que acompanha o movimento vagaroso dos vagões sobre os dormentes, e também por um zumbido elétrico. Nossa filha, que logo vai completar um ano e está no carrinho, enrolada num grosso macacão vermelho, com uma touca branca e luvas brancas, vira a cabeça. O trem atravessa a floresta, não estrondeando como os vagões antigos, quadrados e ponderosos que trafegavam pelos trilhos na década de 70, mas sussurrando, leve e veloz, cercado por um redemoinho de neve. O trem desliza pela curva e no instante seguinte desaparece em meio às árvores. Logo o sussurro já não se distingue mais do vento, e também some. Quando avançamos ao longo da estrada, me sinto intranquilo e irrequieto, como se houvesse alguma coisa errada. Passam-se minutos antes que eu entenda que essa reação está relacionada ao trem. O trem está indo para outro lugar. Eu não. O anseio não é difícil de afastar com argumentos, porque já estive sentado naquele mesmo trem, a caminho de Malmö, no interior daquelas cabines que de fora parecem hipnóticas, e já me aborreci enquanto olhava para a floresta nevada — e o que senti naquele instante, senão um anseio por morar numa das casas estranhas que passavam do outro lado da janela? É isso o que sinto enquanto caminho ao lado do carrinho ao longo da estrada que atravessa a floresta. Mas o poder simbólico do trem é mais forte do que a razão, ou então opera em outro lugar, e é difícil resistir ao fascínio que exerce. Um avião, que não apenas tem como destino outro lugar, mas além disso chega com rapidez bem maior, não tem a mesma aura, e tampouco o carro. A fuga de carro é demasiado comum, demasiado corriqueira, porque está ligada a fazer compras no supermercado, enquanto a fuga de avião é demasiado realística: sabemos que vai ser difícil relacionar-se com a Istambul aonde chegamos em poucas horas. A fuga de trem, no entanto, é quase uma corporificação do próprio anseio, uma vez que serpenteia em meio ao panorama e jamais para tempo suficiente em um lugar para que possa surgir qualquer tipo de dever, com a vista se alterando o tempo inteiro nas janelas, como num sonho. O trem jamais deixa de estar "aqui" para estar "lá", um aspecto que tem em comum com o anseio, que logo ao chegar "lá" transforma-o em "aqui", por não o reconhecer em sua natureza, e assim começa a busca por um novo "lá". E assim a vida passa.

Georg

Certos escritores são impossíveis de compreender enquanto você não os conhece pessoalmente. Foi assim com Georg. Eu havia tentado conseguir uma entrevista em diversas ocasiões, para diferentes periódicos; em todas essas ocasiões ele me indicou um colega, que segundo explicou teria muito a dizer, ao contrário dele, que não tinha nada. Na época Georg era, aos olhos de muitos — e também aos meus olhos jovens e inexperientes —, o maior intelectual e o maior poeta da Noruega: ninguém tinha escrito melhor do que ele desde a década de 60. Somente quando fiz um pedido em nome da Studentradioen, que era uma organização sem fins lucrativos, ele aceitou. Estávamos organizando um festival, e ele faria uma leitura. Eu o encontrei na frente do Studentsenteret e haveria de segui-lo até o Hulen, onde aconteceria o evento. Era uma manhã de sábado. Deve ter sido no outono, porque eu me lembro do céu azul acima de Nygårdshøyden e do ar frio. Eu já o tinha visto em diversas ocasiões, um homem idoso e corpulento, de barba, vestido com roupas muito deselegantes, muitas vezes com a alça de uma bolsa cruzada sobre o peito,

138

que andava pelas estradinhas de cascalho que levavam a Sydneshaugen ou subiam pelo caminho que seguia em direção ao Studentsenteret e levava ao Møhlenpris do outro lado. Georg parecia ter dificuldades para caminhar. Ele era uma lenda. E tinha discípulos em Bergen: eram as pessoas que frequentavam o Fórum de Retórica e o chamavam pelo primeiro nome para banhar-se na glória de conhecê-lo, na glória de ser uma de suas pessoas de confiança. Todos eram contra o romantismo, contra a capital, contra os jornais, contra os romances e contra toda e qualquer ideia relativa à autenticidade. E todos eram a favor do classicismo, da expressão com distanciamento analítico. Eram um grupo de anti-histéricos, embora a admiração por Georg fosse, vista de fora, se não histérica, pelo menos subserviente. Eu nunca tinha reunido coragem suficiente para ir até lá, o grupo parecia uma seita, e eu achava que era preciso saber realmente muita coisa para fazer parte. Era bonito pensar que o maior poeta da Noruega havia se recolhido e parado de escrever poemas para dar aulas no curso de literatura escandinava a alunos recém-ingressados na universidade. E que era possível vê-lo e pensar: lá está Georg. Apesar de tudo o que o havia transformado num grande poeta e num crítico implacável da sociedade, em todos os aspectos superior a um homem como Jens Bjørneboe, por exemplo, no que dizia respeito à argumentação, provavelmente de maneira a tornar qualquer tentativa de comparação um exercício desprovido de sentido — e nesse caso o melhor seria dar aulas para jovens, reunir parte desses jovens ao redor de si e discutir aquilo que ele admirava. Tudo isso existia ao redor dele quando cheguei naquele sábado, quase tremendo de respeito, e o vi subindo o morro ao lado do Studentsenteret, onde havíamos combinado de nos encontrar. Ele parou, eu me apresentei e apertamos a mão um do outro. E então, naquele momento, entendi quem ele era, ou qual era a característica mais essencial daquela pessoa. Georg tinha os olhos mais expressivos que já vi em toda a minha vida. Eram olhos repletos de tristeza, olhos que devoravam tudo. Quando descemos a encosta em direção ao Hulen eu me sentia abalado, incapaz de pensar em qualquer outra coisa. Ele falou ao longo de todo o caminho, falou sem parar, num tom amistoso e trivial, e compreendi que aquela era a forma como lidava com tudo. Georg era demasiado próximo do mundo, e demasiado próximo das outras pessoas, e além disso repleto de sentimentos que, para serem mantidos sob controle, exigiam uma distância constante em relação a tudo e a todos. Quando descemos, descemos graças à conversa — não havia espaço para que eu dissesse nada, por mais que eu quisesse —, como se ele tivesse de tomar impulso para o movimento, antes de executar vigorosamente um movimento correspondente no sentido contrário. E toda a estética dele, com a exaltação do classicismo, do racionalismo, da concretude, de tudo aquilo que é concreto e árido e não idêntico, não sentimental, não subjetivo e sobriamente equilibrado, também era um método de sobrevivência. Ele procurava no exterior tudo aquilo que criava uma dissonância com seu interior, e nessa dinâmica, nesse equilíbrio, que não chega a ser raro — já vi os olhos do autor Ole Robert Sunde, que também é sensível ao extremo, e sei como ele escreve, como se o mundo fosse visto por meio de um binóculo às avessas —, surge uma coisa especial que marca o ponto mais alto que se pode atingir na literatura: o êxtase da sobriedade.

Escovas de dentes

As escovas de dentes da família são guardadas em um copo no banheiro com as cabeças para cima e parecem flores num vaso, com os cabos fazendo as vezes de hastes e as cerdas fazendo as vezes de pétalas. Mas claro que a aura das escovas de dentes é muito distinta. Um vaso com flores expressa frescor — as flores recém-cortadas das raízes e o brilho da vida ainda as impregnam, e essa consciência, de que as flores só podem ser admiradas em todo o esplendor quando estão frescas, não tem nenhuma relação com as escovas de dentes, que são feitas de plástico e fibras sintéticas que vão levar séculos para se decompor. E um vaso de flores traz consigo um pouco da liberdade e da natureza do mundo lá fora para dentro da casa, enquanto as escovas de dentes são fabricadas industrialmente, e além disso pertencem ao interior da casa; raras vezes saem do banheiro, que é o cômodo mais fechado da casa, e são usadas para limpar os dentes da boca, que nessa hora se torna uma espécie de recinto dentro do recinto. Mesmo assim, quando vejo o copo com as escovas de dentes em cima da pia, sob o espelho, a imagem que me ocorre é a de um vaso de flores como que invertido, negado, uma espécie de imagem em negativo da beleza e da liberdade, que mesmo assim tem uma participação vaga no reino do belo — as cores são verde sintético, azul sintético e amarelo sintético; as cabeças têm cerdas sintéticas rígidas, embora flexíveis, dotadas da brancura interminável de tudo aquilo que é inorgânico — e no reino da liberdade, graças à enorme quantidade de escovas de dentes no mundo e à disposição arbitrária de cada escova de dentes nesse fluxo interminável de amigas, que se assemelha à relação que uma única flor mantém com o fluxo interminável em que se origina. As crianças reconhecem esse fato, pois mesmo que sempre façam questão de reivindicar o direito de propriedade sobre tudo aquilo que têm e não deixem que outros usem as coisas que lhes pertencem sem que antes obtenham permissão, o que às vezes resulta em longas negociações com frequência repletas de sentimentos fortes, expressos por meio de gritos, berros, lágrimas e súplicas, mostram-se indiferentes a esse aspecto no que diz respeito às escovas de dentes. Se por acaso ganhassem uma escova de dentes própria, esse sentimento de propriedade acabaria por se diluir tão logo a escova acabasse no buquê com as outras; quando entram no banheiro à noite, com uma linguagem corporal que expressa contrariedade, porque não querem ir para a cama, e a escovação dos dentes é o sinal inconfundível de que a tarde chegou ao fim e a noite está à espera, pegam qualquer escova do copo, rosa, azul-clara, cinza, branca, pouco importa; espremem um pouco de pasta de dente e começam a se escovar com gestos mecânicos e melancólicos enquanto fazem outra coisa, como olhar ao redor, passar a mão nos cabelos, olhar para os pés, coçar a barriga, abrir a torneira. Tenho uma reação instintiva contra esse comportamento, a sensação despertada por esse tipo de compartilhamento é de má higiene, confusão, bagunça, caos, hábitos pouco saudáveis. É uma sensação parecida com aquela que tenho ao ler sobre as famílias de camponeses que antigamente comiam da mesma tigela de mingau, ou sobre a tigela de cerveja que era passada em círculo para que todos bebessem. É um sentimento irracional, pois como família vivemos muito próximos uns dos outros; usamos o mesmo banheiro, comemos a mesma comida, sentamos no mesmo sofá, às vezes dormimos na mesma cama, usamos as mesmas escovas de cabelo e secamos as mãos nas mesmas toalhas, e quando um de nós adoece, logo a doença contagia também os outros.

Mesmo assim, não pode estar certo compartilhar uma escova de dentes.

Com frequência tento ver a nossa vida com os olhos do conselho tutelar ou dos serviços sociais. Nossa casa não é bagunçada demais? Já não se passou tempo demais desde a última vez que trocamos as roupas de cama? Quanto tempo já se passou desde a última vez que as crianças tomaram banho? E quanto prejuízo não causei às crianças na última vez em que me enfureci e berrei com toda a força dos meus pulmões, agarrei uma das meninas pela nuca e a conduzi à força para o quarto?

Com frequência imagino um representante de um desses órgãos ao meu lado, tomando nota de tudo aquilo que acontece. Com letras em tinta vermelha, o bloco de anotações traz as seguintes notas: Cabelo seboso. Unhas encardidas. Uma das crianças tem ataques de fúria incontroláveis por motivos insignificantes. Outra é calada, muda, não se comunica. E elas compartilham as escovas de dentes. Seria o caso de levá-las para um abrigo?

Quando cresci, cada um de nós tinha a sua escova de dentes, jamais havia qualquer tipo de dúvida sobre qual era a escova de quem, e seria impensável usar a escova de outra pessoa. Também havia dias fixos para tomar banho, anotados em uma tabela na parede, se não me engano os meus dias eram as segundas e as quintas-feiras. As escovas de dentes pareciam em parte quatro adolescentes paradas na frente de um posto de gasolina, em parte quatro cavalos olhando por cima de uma cerca. Acima de tudo, aqueles objetos representavam um dever, talvez mais do que qualquer outro, pois que outra coisa éramos obrigados a fazer contra a nossa própria vontade, duas vezes por dia, ao longo de uma vida inteira? Aos poucos a escova de dentes também passou a ser associada à mentira. A primeira vez que menti de propósito para o meu pai, da qual me lembro como se tivesse sido ontem, por ter sido um comportamento totalmente inédito, foi no inverno em que eu tinha dez anos: eu estava sentado na cozinha enquanto ele preparava a comida, e ele me perguntou se eu já tinha escovado os dentes, e após uma breve pausa respondi que não me lembrava. Mas eu me lembrava que não tinha escovado os dentes, então aquilo era mentira. Ele disse que nesse caso eu precisaria escovar outra vez, para que não houvesse dúvida. Escovei, mas também descobri uma coisa: a respeito de certos assuntos é possível mentir sem medo de ser descoberto. A partir de então passei a dizer que já tinha escovado os dentes mesmo quando não tinha. E a partir de então passei a associar não escovar os dentes com liberdade. Deve ser por isso que meus dentes são tão manchados e tão amarelos, e deve ser por isso que já não os mostro e tento sempre rir de lábios fechados, e por vezes chego a tapá-los com a mão ao rir.

Eu

O que há de característico em relação à vida, o que separa radicalmente a vida da não vida, a matéria viva da matéria morta, é a vontade. Uma pedra não quer nada; uma folha de grama quer. E o que essa vida quer, no ponto em que se encontra separada da não vida por um abismo, é mais vida. Sem essa vontade a primeira vida teria simplesmente morrido, de maneira que a vontade de mais vida deve existir desde os primórdios, e pode muito bem ter sido um aspecto fundamental desse novo fenômeno. Quando as células reuniram-se em grupos, como fizeram também em consequência da vontade de mais vida, foi preciso que se organizassem, foi preciso que estabelecessem uma forma de comunicação entre as diferentes partes, e a partir desses sinais ou impulsos desenvolveram-se a fome e a dor, que devem ter sido os dois primeiros sentimentos, e também uma coordenação das células no sentido de administrá-los. A base do sentimento do eu deve se encontrar nesse ponto, no espaço entre o desejo e a satisfação, entre a dor e a aversão à dor, pois existe *alguma coi-*

sa que esse eu quer e deseja, e existe *alguma coisa* que provoca dor e que esse eu rejeita. O que é isso?

No princípio, o sentimento do eu não deve ter sido mais do que o pressentimento vago de uma extensão, de um lado de dentro e de um lado de fora, e para a maioria das criaturas talvez ainda seja assim. Mas a ramificação da vida a que pertencemos, com os cachorros e os gatos, os macacos e os porcos, abriu-se ao longo dos milênios para cada vez mais sensações e cada vez mais possibilidades de movimento, que exigiram cada vez mais coordenação, o que podemos observar no cérebro, onde tudo isso se encontra disposto em camadas evolutivas, de maneira que também o sentimento do eu deve ter se desenvolvido, ou seja, recebido cada vez mais componentes. Mas os componentes originais continuam existindo. Por meio de experimentos quase ilusionísticos, podemos levar o cérebro a expandir seus domínios, fazê-lo crer que os limites do corpo estão mais distantes do que realmente estão, e fazer com que sinta de acordo com essa impressão. As dores-fantasma, que surgem quando o cérebro continua a sentir dor em órgãos que já não existem mais, ocorrem quando antigas redes neurais são despertadas, uma vez que continuam a existir mesmo que o braço ou o pé já não exista mais. Mas sentir uma nova região para além dos limites do corpo é outra coisa, que demonstra a centralidade permanente desse sentimento de extensão e expõe o primitivismo e a fragilidade das bases sobre as quais nossa própria identidade repousa.

Se esse sentimento de extensão é o aspecto primário do eu, então o sentimento de unidade é o secundário. Mesmo que a dor tenha surgido nas camadas mais primitivas do cérebro de um ponto de vista evolutivo, é prejudicial à identidade que não seja vivenciada dessa forma — como uma coisa vinda de um lugar simples e primitivo, estranha e reptiliana —, mas como uma parte integrante, atual e digna da entidade que entendemos como nós mesmos. Esse sentimento de unidade deve ter desempenhado um papel decisivo para que um organismo pudesse deixar de ser composto de uma única célula para ser composto de várias, e assim permaneça desde então, graças ao desenvolvimento da complexidade biológica cada vez maior dos seres vivos. A constatação de que esse sentimento de unidade não está localizado em lugar nenhum, não tem um ponto a partir do qual se origine, mas de uma forma ou de outra pertence ao corpo todo, mesmo que tenha surgido no cérebro e na atividade cerebral, é a base para a cisão entre o espírito e a matéria, entre o corpo e a alma, uma vez que esse sentimento de unidade só não pode circunscrever a si próprio.

Por esse ângulo, parece estranho que a maior parte do cérebro, o telencéfalo, seja dividida ao meio em dois hemisférios, sendo que cada um desses contém um conjunto completo de centros de processamento para os sentidos e a motricidade do corpo. Em circunstâncias normais, cada um dos hemisférios ocupa-se de um dos lados do corpo, mas, caso um seja ferido, o outro pode assumir suas funções. Os dois hemisférios comunicam-se por meio do corpo caloso, por onde passam feixes de fibras nervosas. Se o corpo caloso fosse destruído e as fibras nervosas rompidas, o resultado seria um organismo com dois cérebros independentes, cada um com a sua vontade. Um não saberia a respeito do outro, e tentaria controlar o corpo inteiro. O sentimento de extensão provavelmente haveria de manter-se intacto, porém não o sentimento de unidade: haveria surgido uma pessoa com duas vontades, e em consequência dois conjuntos de sentimentos do eu. Será que essa pessoa sentiria que pertence a um desses eus, que esse eu representaria sua alma, enquanto o outro seria uma entidade externa? Ou será que essa pessoa alternaria entre os dois eus, sentindo-se ora como um, ora como o outro? O fato de que essa divisão seja explorada nos filmes de terror e tenha como arquétipo as figuras de Jekyll e Hyde sugere o grau de dependência que temos em relação ao sentimento de ser um só para nós mesmos, e talvez ainda mais para os outros. Ter um amigo, uma namorada ou um filho que muda de personalidade representa uma ameaça. Numa situação dessas, tratamos o fenômeno como uma doença e damos-lhe o nome de esquizofrenia ou transtorno bipolar. Trata-se de situações em que o eu abdica por completo ou pelo menos relaxa o controle exercido sobre os domínios que lhe pertencem e permite que os outros elementos que contém, que toda a complexidade da alma, façam como bem entender. É uma fuga, uma fuga do trabalho que o eu precisa desempenhar, a saber, incorporar todos os sentimentos, impulsos, pensamentos e ações em um todo coeso, a despeito das contradições que possam existir no ponto de partida. Essa batalha do eu, que começa assim que o bebê de colo é tirado do peito e a simbiose com a mãe é quebrada, e perdura até que morra ou, como um velho demente, por fim perca o contato com a realidade, consiste em verdade na criação de uma narrativa que seja flexível o bastante para abrigar tudo o que ocorre ao longo de uma vida, mas também realista e simples o bastante para que funcione em termos práticos, e que portanto não tem problemas com plágios, falsidades, mentiras e negação de verdades evidentes: para o eu, o que importa é a vida.

Átomos

Numa tarde semanas atrás eu fiquei sentado olhando para a escrivaninha encostada à parede no cômodo ao lado do escritório. É uma escrivaninha marrom com entalhes complexos, provavelmente feita no fim do século XIX. Mas de que é composta?, pensei eu. Madeira, claro, talvez verniz, acabamentos, parafusos e pregos de metal. Mas de que são compostos a madeira, o verniz e o metal? De átomos, eu sabia. Partículas minúsculas e invisíveis, numa quantidade enorme, suficiente para criar todo aquele móvel sólido.

Me levantei e bati o nó dos dedos contra a escrivaninha, abri as gavetas, balancei-a para a frente e para trás.

Como aquilo era possível?

Se essa história de átomos estivesse mesmo correta, como é que os átomos podiam manter-se presos uns aos outros exatamente naquele formato? O que determinava a maneira como se agrupavam, de modo que os átomos que formavam um dedo não apenas formassem o dedo mas também se mantivessem naquela disposição, enquanto os átomos que formavam a sacola plástica

149

não apenas formassem uma sacola plástica mas também se mantivessem naquela disposição? E como era possível que um dedo e uma sacola plástica fossem compostos de materiais tão distintos? Um reluzente, liso e fino, e o outro grosso, com uma superfície macia e um interior que a princípio era macio, mas logo tornava-se rígido? Como essas coisas eram decididas?

O que aconteceria com os átomos se a sacola plástica fosse colocada numa fogueira? O plástico derreteria, mas o que significa "derreter" para os átomos? E, quando tive uma inflamação na unha, qual era a relação entre os átomos naquela coisa amarelada e os átomos do meu dedo? O que tinha acontecido lá dentro, nas profundezas do mundo atômico, onde as partículas individuais sem dúvida flutuavam num espaço proporcionalmente gigantesco?

Compreendi de repente que eu não sabia nada sobre o mundo, nem mesmo sobre o mundo imediato. Eu não tinha nenhuma ideia quanto à composição daquilo que eu via, nem quanto ao motivo para que as coisas tivessem a aparência que tinham ou apresentassem as características que apresentavam. O que era o vermelho? Eu não sabia. O que era a luz? Fótons, claro, mas o que eram fótons? Seria possível hoje em dia transformar uma matéria em outra, como em outra época os alquimistas tinham sonhado?

Eu não tinha a menor ideia, e essa revelação, a de que na verdade eu não sabia nada sobre nada, me levou a entrar em pânico. Entrei na Amazon, procurei por átomos, física de partículas, radioatividade, energia atômica e fiz um pedido com os livros introdutórios que pude encontrar sobre esses temas. Quando os livros chegaram dias mais tarde comecei a leitura de imediato. Um dos livros afirmava que o ponto-final no fim de uma frase era composto de centenas de bilhões de átomos de carbono. Se quiséssemos vê-los individualmente, seria preciso ampliar o ponto até que tivesse cem metros de largura. Se quiséssemos ver um dos elétrons que compõem os átomos, seria preciso ampliar o ponto até que tivesse dez mil quilômetros.

Essa relativização da distância, segundo a qual os elétrons da minha caixa de correio encontram-se tão distantes da escrivaninha à minha frente quanto eu me encontro distante das estrelas, acaba com todas as nossas ideias sobre as dimensões, pois quem sabe que tamanho tem o universo? Poderia muito bem ser minúsculo. Poderia muito bem se encontrar em outro universo maior, por exemplo no formato de uma caixa de correio. Como se a Via Láctea fosse a vírgula na frase de um jornal que ainda não foi buscado. Porque a noção de tempo é também relativa: quatro bilhões de anos aqui podem ser três minutos lá. Tanto o movimento rumo à realidade subatômica como o movimento rumo à infinitude sideral deixam-nos sem ação, e é sob essa perspectiva que o deus monoteísta transforma-se numa resposta mais adequada do que a ciência no que diz respeito aos enigmas da existência. Tudo o que se encontra além da razão é atribuído a Deus, cujo nome não pode ser mencionado, uma vez que Deus também se encontra além da linguagem, mas é assim mesmo presente em nós, uma vez que somos feitos à imagem de Deus. Existe nisso uma relação sem palavras, e quando nos curvamos perante Deus, é Deus que pressentimos, graças a um sentimento indescritível de plenitude que nos liga a tudo o que é, a tudo o que foi e a tudo o que será. Mas aquilo que aprendemos não pode ser desaprendido. Hoje vivemos na realidade do átomo e encontramo-nos sozinhos no mundo.

Loki

Loki era muito bonito, escreveu Snorri Sturluson, e também muito astuto e traiçoeiro. Loki não era um deus, ele pertencia à raça dos *jötnar*, mas como irmão de sangue de Odin ele passava tempo na companhia dos deuses e era tratado como um deus. Loki não fazia parte dos antigos cultos nórdicos, não havia lugares de sacrifício consagrados a ele, mas assim mesmo foi uma das figuras mais significativas de toda a antiga mitologia nórdica. Era o tipo de figura que fazia com que as coisas acontecessem, muitas vezes ao fazer justamente a coisa que não devia ser feita, tudo aquilo que era proibido e destrutivo. Loki tornou-se famoso acima de tudo por ter causado a morte de Baldur, e por assim ter dado início à sequência de acontecimentos que precipitou o fim do mundo no Ragnarök. Essa sequência tem início quando Baldur sonha que vai morrer, e Odin vai a Hel para descobrir se esses sonhos têm fundamento. Ao saber do destino que aguarda Baldur, os deuses pedem que todas as coisas vivas façam a promessa de não tirar a vida de Baldur, a não ser pelo visco, que Loki entrega a Hod, o irmão cego de Baldur. Como parte de uma brincadeira, Hod dispara uma flecha de visco contra Baldur, e Baldur morre. Como a morte era até então desconhecida pelos deuses, o mundo em que viviam sofre uma reviravolta brutal. Mas essa reviravolta estava lá o tempo inteiro, corporificada em Loki, que vinha de fora, de Utgard, onde reina o caos das coisas incompletas e indefinidas, e que trazia consigo esse caos para o mundo ordenado em que viviam os deuses, numa ambivalência que também atinge o próprio corpo, uma vez que nos mitos ele se transforma em foca, em salmão, em pássaro ou em égua, em cuja forma ele pare um potro e assim não apenas cruza o limite entre humanos e animais, mas também entre homem e mulher, entre mãe e pai. A morte do imortal Baldur é o começo do fim, logo o mundo vai acabar e todos os deuses vão morrer numa batalha ferrenha, na qual o sol torna-se preto, a terra afunda no mar, irmãos lutam contra irmãos, lobos dilaceram cadáveres e por fim chega um navio feito com as unhas dos mortos, tendo Loki no leme. Tudo isso é contado nos poemas da *Edda*, porém de maneira contida e econômica, como se os poemas não fizessem mais do que iluminar certas partes de uma realidade maior. Na maioria desses poemas, Loki, bem como as demais figuras, parecem ser acima de tudo agentes dos acontecimentos, com uma série de características predefinidas atreladas ao próprio nome. Existe no entanto uma exceção notável, quando Loki entra em cena plenamente iluminado, com uma complexidade psicológica ademais estranha às narrativas mitológicas. O poema se chama *Lokasenna*, e os eventos narrados ocorrem após a morte de Baldur, porém antes do Ragnarök. Os deuses estão reunidos num banquete oferecido por Ægir, o gigante que reina sobre o mar. Loki a princípio estava lá com os gigantes, mas como os demais faziam inúmeros elogios a Fimafeng e Eldir, os servos de Ægir, Loki não aguenta a situação e então simplesmente mata Fimafeng e é expulso do lugar. O poema começa com o retorno de

Loki. "Então Loki entrou no salão", diz o verso. "Mas quando os que lá estavam viram quem havia chegado, calaram-se todos." Loki não se deixa afetar pelo silêncio. Simplesmente pergunta, em tom meio jocoso, por que estão todos calados, sem dizer uma palavra. Ou seria preciso deixá-lo sentar, ou então seria preciso expulsá-lo, ele diz. Mas ele sabe que não podem expulsá-lo, sabe que vão ser obrigados a tolerá-lo, e toda a confiança que sente tem origem nesse fato. Loki é o irmão de sangue de Odin, e ninguém pode negar-lhe a oportunidade de sentar entre todos os outros. O fator de reconhecimento nessa cena é enorme. O convidado indesejado por todos, o vulto incômodo e desconfortável, com frequência bêbado, que assim mesmo precisa ser tolerado, uma vez que tem relações de parentesco ou amizade com outros entre os presentes é uma figura que todos conhecemos. Loki fez uma coisa impensável, mas naquele momento senta-se como se nada tivesse acontecido, e a animosidade que percebe, o ódio e o desprezo que surgem nos olhares de todos aqueles que o encaram, não lhe causam sentimentos de vergonha ou de raiva, mas têm o efeito contrário de incitá-lo, de fazê-lo despertar: ele parte para o ataque. Começa a dizer as piores coisas de que seria capaz a respeito de cada um dos convidados. Diz coisas que não poderiam jamais ser ditas, mas que assim mesmo todos conhecem e sabem que são verdadeiras. A respeito de Idun, diz que ela se deitou com o assassino do próprio irmão. A respeito de Bragi, diz que ele é o mais covarde dentre todos os deuses. A respeito de Odin, diz que ele praticou magia com roupas de bruxa, e emprega uma palavra que denota o parceiro passivo numa relação homossexual para expressar o que pensa a respeito disso. Depois, Loki torna a empregar a mesma palavra ao falar sobre Heimdall. A respeito de Freia, diz que ela já se deitou com todos os que se encontram no salão. A respeito de Njörð, diz que teve filhos com a própria irmã. A Skadi, Loki diz que matou seu pai. E a Frigg, mãe de Baldur, ele diz: "Ainda queres, Frigg, que eu conte dos males que causei: *minha* é a culpa de não veres teu filho chegar de cavalo ao salão". Após essa rodada, em que nada do que foi dito é falso, mas tudo é terrível, Thor chega ao salão, e assim o realismo cessa e a mitologia reassume seu lugar. Thor expulsa Loki, que foge e transforma-se em um salmão para esconder-se na cachoeira de Franang, porém os deuses o encontram e o prendem com os intestinos arrancados do próprio filho sob uma serpente que pinga veneno. Sigyn, a esposa de Loki, segura uma tigela sob a serpente, porém toda vez que precisa esvaziá-la as gotas atingem o *jötunn*, que se convulsiona com tanta força que o mundo todo estremece. Essa é a explicação para os terremotos, segundo a lenda. Não seria fácil dizer quando isso acontece, pois o tempo mitológico difere do tempo histórico, não está ligado a este último, e o tempo mitológico é também ambivalente, como se o passado, o presente e o futuro existissem lado a lado, e como se aquilo que ainda não aconteceu deixasse marcas tão profundas sobre o que acontece como aquilo que já aconteceu. Mas, como os terremotos ainda ocorrem, esse seria o tempo em que nos encontramos: após a morte de Baldur, mas antes do Ragnarök. O horror portanto já aconteceu: os deuses sabem que são mortais, porém as consequências dessa revelação ainda não começaram seus desdobramentos. O desequilíbrio no mundo ainda é invisível, como a fragilidade do gelo no instante que antecede o surgimento da rachadura.

Açúcar

O açúcar é feito de grânulos de um cristal branco que se quebra nos dentes, se derrete na língua e, apesar da aparência modesta, enche a nossa boca com um sabor marcante e desejável, que é o doce em sua mais pura forma, a própria doçura. Quando sabemos que além disso o açúcar é absorvido depressa pelo sangue e confere ao corpo energia instantânea, como se recebesse uma injeção de força, não é nada surpreendente descobrir que existem pacotes de açúcar em todas as casas. Em anos recentes, no entanto, essa relação com o açúcar se transformou. Deixou de ser um prazer relativamente neutro e passou a ser evitado. O saco de um quilo de açúcar com certeza ainda se encontra em cozinhas por toda parte, mas é o único produto na lista de compras que traz consigo um estigma. Nem a farinha branca nem o fermento em pó nem a aveia ou o bicarbonato de sódio provocam qualquer tipo de mal-estar: nenhum desses produtos é visto como responsável por uma baixa qualidade de vida, como uma coisa nociva e imoral, a não ser o açúcar. Por quê? Como pode uma coisa tão pura, branca e incondicionalmente boa como o açúcar ter se transformado em uma coisa suspeita do dia para a noite? Na década de 70, quando cresci, o açúcar estava por toda parte, não havia praticamente nenhuma restrição quanto ao uso, pelo menos não em nosso bairro. Os acompanhamentos que espalhávamos no pão durante o café da manhã, o almoço e o jantar com frequência eram feitos com açúcar: Nøtte, Nugatti, Sjokade, Banos, Sunda, geleias, xaropes. Eu colocava três ou quatro colheres de açúcar no chá, colocava açúcar no mingau, açúcar nas panquecas e açúcar nos waffles. Havia açúcar nos sucos e açúcar nos refrigerantes, havia açúcar nos bolos e açúcar nos pães, açúcar nos chicletes e açúcar nas balas. Lembro que muitos dos meus colegas de aula tinham açúcar nas fatias de pão, e que tanto minha avó paterna quanto meu avô materno gostavam de chupar cubos de açúcar enquanto tomavam café. Nessa exuberância toda, o açúcar estava de certa forma próximo à gasolina, que também existia em abundância naquela época, e que hoje, assim como o açúcar, projeta uma sombra de culpa. A década de 70 foi a década da gasolina e do açúcar, uma época marcada pelo consumo inocente e pouco sofisticado gerado pela riqueza, que tinha origem na cultura de pobreza em que nossos avós tinham crescido, e da qual nossos pais haviam saído. Era uma cultura modesta, não por questão de princípios, mas por simples necessidade, e o açúcar era uma alegria simples e barata. Quando a riqueza chegou ao país, com a diferenciação das coisas e a aceitação de luxos, que numa cultura do dinheiro significa tudo aquilo que é difícil de obter, raro ou único, nem a gasolina — que escorria à farta do maquinário voraz na década de 70, e que era convertida em força e velocidade primitivas — nem o açúcar, com sua forma simples, acessibilidade quase total e apelo evidente, tinham lugar, a não ser do lado de fora, na casa dos outros, em meio à massa, que assim como o açúcar nunca é diferenciada numa cultura do dinheiro, mas apenas sugerida como uma coisa vaga e sem rosto vinda da classe baixa. Que essa massa pudesse organizar-se num partido próprio foi mesmo a única novidade ocorrida na vida política dos anos 70 e 80. E que esse movimento político, que recebeu o nome de Fremskrittspartiet, tivesse preços mais baixos para a gasolina como uma de suas principais reivindicações, não era nenhum acaso, como tampouco era o fato de que o primeiro líder do partido, Carl I. Hagen, viesse do ramo açucareiro. Sendo assim, é natural que o Fremskrittspartiet, as políticas do Fremskrittspartiet e os eleitores do Fremskrittspartiet sejam vistos mais ou menos da mesma forma como o açúcar e a gasolina pela elite social, responsável pela geração de lucros e pela geração de cultura: como imediatistas, destrutivos, imorais e indesejados. E é igualmente natural que tanto a gasolina como o açúcar tenham começado a se misturar de verdade mais ou menos na mesma época em que o Fremskrittspartiet começou a crescer — me refiro aos postos de gasolina, que hoje, com o Fremskrittspartiet no governo, surgem como enormes palácios luminosos de açúcar ao longo das estradas, abarrotados de pães doces com passas de uva, pães de cardamomo, pães de chocolate, pães de caramelo, pallets cheios de refrigerante e tudo o que se pode imaginar de coisas doces e gostosas.

CARTA A UMA FILHA RECÉM-NASCIDA

29 DE JANEIRO. Estou sentado num quarto de hospital em Helsingborg, numa cadeira logo abaixo da janela. É noite e Linda dorme na cama um pouco além, enquanto você está na incubadora ao meu lado, vestida com um pijaminha branco e uma touquinha branca debaixo de um pequeno cobertor, também dormindo. Você nasceu ontem, ao entardecer, e tudo correu bem, mesmo que você tenha chegado um mês adiantada. Você é perfeita e não tem pé torto! Tanto as enfermeiras como o médico examinaram os seus pés atentamente e não há nada de errado com eles. Você esteve acordada por talvez uma hora depois de nascer e olhou para mim com seus olhinhos pretos quando eu vesti o pijaminha em você, enquanto a sua mãe, ainda exausta, acompanhava tudo da cama ao lado. Aconcheguei você contra o meu corpo, com uma mão atrás da sua nuca e da sua cabecinha, e a outra atrás do corpo, que se encolhia todo e era tão pequeno que a palma da minha mão cobria-o praticamente por inteiro. Foi como segurar um animalzinho. Sentir o calor do seu corpo contra o meu, e sentir o seu cheiro, que era delicioso e muito pa-

recido com o cheiro que as suas irmãs e o seu irmão tinham em outras épocas, me preencheu com uma alegria maior do que qualquer outra que eu já tivesse sentido. Desde então você fez pouca coisa além de dormir. Eu também vou dormir agora, com você ao meu lado. Amanhã vou buscar as suas irmãs e o seu irmão, para que possam vê-la pela primeira vez.

A bolsa se rompeu no meio da noite, e como foi cedo demais, e além disso eu precisava ficar em casa para cuidar das crianças, Linda foi buscada por uma ambulância. Ela sentiu medo enquanto esperava, talvez fossem duas da manhã, a rua vazia do outro lado da janela reluzia com o brilho amarelo dos postes de iluminação pública e se refletia na neve acumulada à beira da estrada. A ambulância chegou como que deslizando pelas janelas, macia e silenciosa, e Linda vestiu a jaqueta acolchoada, eu lhe entreguei a bolsa preparada às pressas e ela foi até a ambulância com passos lentos e cautelosos. Depois de levar as crianças para a escola eu liguei para a mãe de Linda e, quando ela chegou, fomos de carro ao hospital. Os médicos queriam fazer uma cesárea no dia seguinte, mas uma parteira sincera que estava de plantão naquela tarde convenceu Linda a ter parto natural: não havia motivo para uma cesárea, na opinião dela. Em seguida Linda estava com uma faixa elástica ao redor da barriga. O espaço era clínico e cheio de equipamentos técnicos, com camas reguláveis de metal, e em frente à pia havia um dispenser com antisséptico e outro com sabonete líquido. Quando as contrações vieram a intervalos cada vez menores e o trabalho de parto começou, tudo isso desapareceu. Linda pôs-se de joelhos, com o tronco suspenso acima da beira da cama. Quando as contrações vinham, ela pegava a máscara de gás hilariante e inspirava profundamente. De vez em quando ela gritava no interior da máscara. Era como se ondas passassem através dela, como se naquele ritmo houvesse um transe, que parecia levá-la a um outro lugar onde existiam apenas a dor, o corpo e a escuridão. Os gritos eram cavos e intermináveis, sem começo nem fim. Pareciam cada vez mais escuros, mais animalescos, e expressavam uma dor e um desespero tão grandes que tudo o que eu fazia, fosse abraçá--la ou apertar o meu rosto contra o dela, ou fazer-lhe massagem nas costas, não passava de pequenas ondulações na superfície da escuridão em que ela se encontrava submersa. Ela estava no meio daquilo, num lugar que eu jamais poderia alcançar, porque estava limitado a ver pelo lado de fora, mas assim mesmo aquilo mudava tudo para mim, como um túnel em cujas paredes toda a matéria desfazia-se em escuridão: os sentimentos tomavam conta e assumiam o controle, e era através deles que eu via tudo. Linda colocou-se de lado e já não respirava mais de forma regular, já não retirava a máscara quando as dores se aplacavam, simplesmente berrava a plenos pulmões até que lhe faltasse ar, quando então parecia tomar impulso para soltar um novo grito, que, mesmo sendo em parte abafado pela máscara, tinha uma força e uma natureza com as quais eu nunca havia me defrontado antes. Logo depois você caiu em cima da cama. Você tinha a pele lilás, e o cordão umbilical era praticamente azul. A sua cabecinha estava amassada e reluzia, o seu rostinho estava enrugado e os seus olhinhos fechados. Você permaneceu imóvel. Está morta, pensei. Três parteiras chegaram às pressas, massagearam o seu corpinho liso e você chorou pela primeira vez. Você soltou um grito que mais parecia o balido de um cordeirinho.

Até esse momento, nada nem ninguém havia tocado em você: você estava rodeada por água no interior de um outro corpo, e segundos depois estava ainda intocada no mundo, como se estivesse morta, fechada em você mesma, sem respirar, de olhos fechados, e de repente você tomou fôlego, porém não sem dor, segundo imagino, e o mundo fluiu para dentro de você.

FEVEREIRO

Espaços vazios

Boa parte da atividade humana consiste em criar espaços vazios, ou seja, construir pisos e paredes onde antes não havia nada, seja em grande escala como prédios, fábricas, estádios de futebol, ou em variantes menores, como canecas, latas, copos, frascos, caixas, armários, caixotes, jarras, tanques, vasos, bolsas, mochilas, sacolas, baldes. Os espaços vazios são usados para abrigar ou transportar criaturas, objetos ou líquidos. Os grandes espaços vazios, as construções, são quase sempre estacionários, enquanto os menores são quase sempre móveis, ainda que existam tantas gradações no que diz respeito ao tamanho e à função dos espaços vazios que mesmo entre uma construção estática e um veículo móvel existem coisas intermediárias, como as casas móveis ou os motor homes. Os grandes espaços vazios raramente estão sozinhos: quase sempre fazem parte de complexos sistemas que envolvem espaços vazios dentro de outros espaços vazios. O espaço criado pelas quatro paredes de uma construção, o assoalho e o teto, é mais uma vez dividido por outras paredes, outros assoalhos e outros tetos, e nos espaços que assim surgem, como por exemplo a cozinha, existem ainda outros espaços vazios, como os armários, onde novamente existem espaços vazios, como as canecas. No caso dos espaços vazios estacionários, com frequência são considerados mais bonitos à medida que se tornam maiores: um palácio é mais bonito do que uma cabana e um estádio de futebol grande é mais bonito do que um pequeno, enquanto no caso dos espaços vazios móveis ocorre o contrário: a regra é que sejam considerados mais bonitos à medida que se tornam menores. Uma xícara pequena é mais bonita do que uma caneca grande, enquanto uma caneca grande é mais bonita do que um balde. E as coisas mais bonitas da casa são guardadas em porta--joias. O impulso e a necessidade de criar espaços vazios é muito profundo, e não existe apenas entre as pessoas. Os pássaros constroem ninhos, as raposas e as lontras e os texugos e os ursos constroem tocas, as formigas constroem formigueiros, certas abelhas moram em árvores ocas, outras constroem colmeias, as moreias escondem-se em pequenas grutas em recifes de coral e certos crustáceos protegem o corpo macio com uma concha vazia que passam a habitar. Mas nenhum outro bicho além do ser humano faz uso de espaços vazios móveis. Um macaco pode formar uma concha com as mãos e enchê-las de água para beber, mas assim que torna a separá-las, o recipiente deixa de existir. Quando aprendeu a criar espaços vazios móveis, o homem deixou de estar subordinado às limitações impostas pelo ambiente e passou a ser livre: para beber já não era mais preciso estar próximo da fonte, porque era possível transportar a água em jarros ou em odres de couro e bebê-la a qualquer hora em qualquer lugar. Mas essa liberdade era uma faca de dois gumes, pois se antes vivíamos uma vida aberta, logo passamos a viver uma vida fechada, que desde então se exacerbou com uma velocidade e uma força irrefreáveis. Hoje vivemos a nossa vida em espaços vazios, e quando deixamos um deles, ao sair de casa, é para entrar em outro, o carro, que nos leva a um terceiro, o escritório, de onde vamos para o supermercado antes de voltar para casa, com um espaço vazio de plástico em cada mão, que por sua vez está repleto de espaços vazios cheios de comida a ser guardada em espaços vazios da casa: a geladeira, o armário. Mesmo quando realizamos nosso grande sonho de sair da Terra, fazemos isso em cápsulas pouco maiores do que um carro, porém as imagens da Terra que obtemos a partir do espaço revelam uma esfera perfeitamente redonda e azul, onde nenhum desses bilhões de pequenos espaços se encontra visível. Mas assim mesmo existem e são nossa característica principal, uma vez que no cérebro também existe um espaço vazio e todos os nossos pensamentos são organizados como peças de vestuário num guarda-roupa, com as calças numa prateleira, as blusas na outra e as camisas e os vestidos pendurados nos cabides presos ao varão que se estende de uma parede até a outra.

Conversas

Boa parte da comunicação interpessoal ocorre fora da linguagem. Se pegamos uma conversa e anotamos tudo, vemos o enorme papel que o contexto desempenha naquilo que é dito, que em si mesmo é incompleto, marcado por hesitações, lacunas e insinuações, não raro no limite do incompreensível. É assim não apenas porque usamos todo o nosso corpo para completar as palavras ao falar, ou porque durante a conversa nos focamos em tudo aquilo que os outros corpos expressam sem palavras, mas também porque a própria conversa muitas vezes está relacionada a um assunto totalmente distinto daquele expresso por meio das palavras. Uma conversa a respeito de um determinado assunto que tenha claramente um valor próprio, na qual aquilo que é dito parece a um só tempo interessante e importante em si mesmo, é tão rara que nem ao menos se apresenta como um objetivo plausível do convívio humano. "Está chovendo" é uma frase comum, e obviamente desprovida de significado, uma vez que todas as pessoas em condições de ouvi-la se encontram também em condições de ver que está chovendo. "É mesmo", talvez diga a resposta igualmente desprovida de sentido. Depois pode haver uma pausa antes da frase a seguir. "Segundo a previsão do tempo, amanhã deve estar melhor." Seria impossível determinar o assunto dessa conversa a não ser que saibamos onde e como transcorreu, quem eram os participantes e que tipo de relação mantêm entre si. Se tivesse ocorrido numa espaçosa casa de veraneio, na manhã após uma festa, em que os convidados tivessem ido para as pequenas cidades litorâneas próximas, entre duas pessoas que tivessem resolvido ficar para trás, talvez ler um pouco, e que não se conhecem, mas naquele instante se encontram no mesmo espaço, onde ele olha para o outro lado da janela, para o gramado verde e reluzente e o céu plúmbeo e pesado, no qual as densas nuvens de chuva encontram-se penduradas como uma cortina em movimento, e ela, que até a chegada dele estava naquele espaço lendo, sentada, mas que naquele momento se levantou, foi até a estufa no canto e colocou mais duas achas de lenha no fogo, e que assim que ele diz que segundo a previsão do tempo amanhã deve estar melhor rasga uma página de jornal e a coloca sob as achas, essa breve troca sobre a chuva poderia ser uma tentativa de estabelecer um espaço comum, de expressar que na verdade não se conhecem, mas tampouco são desconhecidos, uma vez que têm amigos em comum e naquele momento encontram-se juntos naquele espaço. Logo cada um vai se ocupar com seus assuntos próprios, e tanto a conversa como a situação vão ser esquecidas para sempre. Mas, se os olhares de ambos houvessem se encontrado por diversas vezes na noite anterior sem nenhuma troca de palavras, apenas com olhares que se roçavam, então a conversa na sala, onde ela agora risca um palito de fósforo contra a lixa na lateral da caixa enquanto ele se vira e a observa, o que ela percebe mesmo que esteja agachada e de costas enquanto leva o fósforo ao papel, que logo pega fogo e começa a queimar com uma pequena chama, teria um significado completamente distinto. Quando ela joga o fósforo ainda aceso no interior da estufa e se levanta, e sem dar por si esfrega as mãos nas coxas e encontra os olhos dele, e ele abre um sorriso cauteloso enquanto fecha uma das mãos abertas ao lado do corpo, e ela diz: "Pelo menos é bom para os agricultores", então essa torna-se uma conversa que nenhum dos dois quer encerrar, pois assim começam a descobrir um ao outro, e, se assim fizerem, talvez a resposta "Pelo menos é bom para os agricultores" torne-se um clássico na mitologia pessoal de ambos, quando aquele primeiro encontro houver se transformado numa história que relembram um ao outro e talvez contem às vezes para os filhos, para assim restabelecer os laços que implacavelmente se enfraquecem com o passar do tempo, quando as conversas que no papel se revelam indiferentes por fim deixam de ter a carga adicional de outra coisa e passam a expressar tão somente a indiferença.

Local

Quando acordei hoje pela manhã o chão estava coberto de geada, e todas as pequenas poças d'água formadas após as chuvas dos últimos dias tinham congelado: estavam como pedaços de vidro na estradinha de pedra, rodeados por bordas claras, como um rendado. Quando o sol nasceu, o panorama todo cintilou como se estivesse polvilhado com um pó reluzente. O frio se manteve durante o dia, e os campos e as lavouras por onde passei a caminho da escola para buscar as crianças pareciam transformados, a umidade que dava a impressão de sugar todas as cores para si e soltar apenas tons de amarelo desbotado e verde-pálido em meio a um matiz pesado de marrom naquele instante parecia nítida e clara, e a geada que se acumulava em camadas por cima da grama e dos galhos luzia e chispava sob o céu azul-claro. Antes de entrar, parei no jardim e olhei para aquela escuridão em meio à qual brilhava uma miríade de estrelas. Pensei aquilo que todos devem pensar quando num entardecer de inverno olham para o universo. Existe uma infinitude de sóis, e ao redor desses bilhões de estrelas orbitam planetas, e numa parte desses planetas deve haver vida, não? Pensar no universo é com frequência um exercício abstrato — quando imaginamos um planeta, em geral o imaginamos visto de fora, como nas fotografias que conhecemos do nosso sistema solar, nas quais os planetas dão a impressão de flutuar no vazio escuro e preto, com formas e cores não muito distintas de bolinhas de gude marmorizadas. Ver pela primeira vez as fotografias tiradas na superfície de um outro planeta me deixou abalado. Eram fotografias de Marte, nas quais uma superfície de areia e rocha avançava em direção a uma montanha distante sob uma luz cinzenta similar à de uma manhã de outono. O que havia provocado em mim um abalo tão profundo? Compreendi que aquilo era um lugar, um lugar concreto e físico como o jardim coberto de geada de onde eu tinha acabado de voltar os olhos para o céu. Compreendi que aquilo era local. Que o espírito daquele lugar, que os romanos chamavam de *genius loci*, também existia por lá. E que talvez devêssemos imaginar o universo não como uma coisa distante e abstrata, como um conjunto de números vertiginosos e distância inconcebíveis, mas como uma coisa próxima e conhecida. O vento que leva um monte de neve a dispor-se numa projeção em um lugar qualquer nas Plêiades, o ar repleto de flocos de neve rodopiantes, que sob o brilho tênue da lua se assemelha a um véu, e os sons do vento que ulula por entre as fendas. Uma porta que bate numa casa em uma planície deserta próxima a Achernar, um lago redondo e uma floresta nos arredores de Castor. É um pensamento bonito. O terror seria caso houvesse vida no espaço, não uma forma de vida como a nossa, mas outra, mais evoluída, de criaturas que sabem coisas que não sabemos, e que ao chegar aqui por assim dizer abrem as portas do universo. Toda a nossa arte, toda a nossa ciência, toda a nossa filosofia, enfim, todos os nossos esforços para compreender a nós mesmos e ao mundo haveriam de tornar-se inúteis de um dia para o outro. Enquanto escrevo, me ocorre que outrora foi exatamente assim. Poucos séculos atrás as pessoas estavam convencidas de que havia uma força sobre-humana externa, que sabia tudo e controlava tudo. Para essa força a humanidade era uma coisa pequena, insignificante, sem nenhuma validade e nenhum valor. Ninguém se acreditava capaz de compreender o mistério, e nenhum dos esforços feitos pela humanidade tinha a vida humana ou o mundo em que essa vida se desenrola como objetivo último, e a arte, a ciência e a filosofia existiam para servir a essa força. A humilhação era total, e quem reivindicasse aquilo que era seu, ou então o valor humano disso tudo, era queimado na fogueira. Não sei o que é mais assustador, se uma criatura num pequeno planeta que se cultiva a si mesma como se a infinitude não existisse ou se uma criatura que queima os próprios semelhantes porque a infinitude existe.

Cotonetes

Cotonetes são pequenas hastes com uma bolinha de algodão em cada extremidade. Parecem bastões de ginástica artística em miniatura, ou pequenos remos de caiaque. Os cotonetes em geral são usados para fazer a limpeza do ouvido externo; basta enfiar uma das extremidades no ouvido e torcê-la de leve para que, ao ser retirado, o cotonete traga a cera amarelo-escura presa à bolinha de algodão. Depois o processo se repete no outro ouvido, com a extremidade oposta. Os cotonetes também podem ser usados para fazer a limpeza do umbigo dos recém-nascidos enquanto o cordão umbilical apodrecido e malcheiroso não cai: nesse caso deve-se umedecer a ponta de algodão com água, para reduzir a fricção e para que a umidade ajude a diluir a sujeira. Há um leve elemento lúdico numa embalagem de cotonetes, ao menos para mim; se por acaso a encontro no armário do banheiro, tenho por hábito pegar uma daquelas hastes e enfiá-la no ouvido. A ludicidade não está no toque em si, porque a extremidade de algodão é rombuda e seca e em geral causa uma sensação desagradável no ouvido, em particular quando a manuseamos com pouco jeito e a encostamos no tímpano. O barulho que nessas horas preenche nosso crânio tampouco é agradável. Mas nada disso ocorre se houver bastante cera no ouvido, porque a cera elimina a secura e abafa os sons, ou então os altera, faz com que deixem de ser cavos e tornem-se grudentos, e assim o corpo se enche de uma satisfação que é amplificada quando retiramos a ponta de algodão e constatamos que se encontra coberta por uma camada de cera escura e pegajosa. Por que tenho um sentimento bom e uma pontada de desejo toda vez que vejo uma embalagem de cotonetes, eu não saberia dizer. Mas o desejo de retirar a cera dos ouvidos é similar a outros desejos pequenos e insignificantes, mas assim mesmo reais e recorrentes, como por exemplo cortar as unhas do pé, espremer cravos, tirar sujeiras das unhas e apertar uma unha inflamada para extrair o pus. De vez em quando penso que tem uma coisa boa à minha espera, uma coisa boa prestes a acontecer, sem que eu saiba ao certo o que é, até que de repente a decepção se abate sobre mim: essa coisa boa, que me causava alegria, era a simples remoção da cera do meu ouvido. Mesmo assim, eu faço a limpeza, o que leva um bom tempo. Mesmo que o uso de cotonetes seja disseminado, mesmo que existam em praticamente todas as casas, esses objetos raramente são mencionados. Os cotonetes não trazem sequer instruções de uso: somos entregues à nossa própria sorte. Enquanto escrevo, me ocorre que nunca vi outra pessoa fazendo uso deles. Tampouco me lembro de ter ouvido de outra pessoa como eu devia usá-los, ou de receber qualquer outro tipo de orientação. Será que podem ser usados para outras coisas totalmente distintas? Será que posso ter me equivocado em relação aos cotonetes, de maneira que você que agora me lê esteja nesse momento rindo de mim? Ah, escutem só essa! Esse sujeito usa cotonetes para limpar os ouvidos! Esse é sempre o perigo de escrever sobre assuntos íntimos: podem rir de nós, e poucas coisas são mais ameaçadoras para um escritor do que o riso. No banheiro, podemos trancar a porta e estar a sós enquanto cuidamos de assuntos íntimos. Se for ridículo, pouco importa, porque ninguém jamais há de saber. E parte do que há de bom nesses autocuidados, quando retiramos a sujeira acumulada nos poros, arrancamos os pelos mais compridos do interior das narinas e aparamos as sobrancelhas, é justamente que não somos vistos nem julgados, sequer por nós mesmos, porque estamos vazios diante do espelho, preenchidos apenas pela tranquilidade dos autocuidados. Pode ser que um dia a humanidade se veja superada por computadores e robôs, que a inteligência artificial seja capaz de desenvolver vontade e consciência próprias, mas jamais há de ter cera de ouvido ou cotonetes, pelos no nariz ou aparador de pelos do nariz — e enquanto for assim, enquanto só nós pudermos nos entregar à tranquilidade de uma manicure, tudo vai estar bem.

Galos

Hoje fomos até a Olof Viktors, a padaria local, para almoçar. A padaria não serve pratos quentes, mas é famosa pelos bons pães, e no mostruário havia sanduíches abertos com sabores exclusivos. Uns vêm com montanhas de caudas de lagostim, enquanto outros vêm com grossas fatias de queijo brie ou folhas variadas. Eu estava com vontade de comer carne e inclinei o corpo à frente para ler a minúscula plaqueta colocada entre os sanduíches com esse tipo de cobertura. Era uma carne clara, talvez frango ou peru, ou ainda rosbife. Mas na plaqueta estava escrito *tupp*, ou seja, galo. Aquilo me causou repulsa e endireitei as costas; eu tinha perdido o apetite. Por que eu não queria comer galo? Eu não tenho nenhum problema em comer frango, ou mesmo galinha num fricassê, por exemplo, mas tive uma reação instintiva contra o galo. Pedi um sanduíche aberto com brie e tentei pensar em outra coisa quando nos sentamos no local espaçoso e quase vazio, dimensionado para as hordas de pessoas que surgem por essas bandas no verão. Os campos do outro lado da janela estão cobertos por uma fina camada de neve, em meio à qual aqui e acolá se veem pontos de terra escura, mais ou menos como uma ferida se revela sob uma fina camada de gaze. Deve ter sido porque o galo tem uma identidade muito clara, por ser uma figura muito bem definida, pensei. O galo é alongado, ao contrário das galinhas atarracadas e quase redondas, e além disso dá a impressão de estender o pescoço ao caminhar, como se quisesse ter a melhor visão possível, e ao mesmo tempo vira a cabeça com gestos bruscos, em staccato, ora para cá, ora para lá. Isso faz com que o galo tenha uma aparência tensa, como se estivesse o tempo inteiro prestes a explodir em movimento, e deve ter sido por esse motivo que na antiguidade foi considerado um símbolo da vigilância. O galo tem acesso a todos os privilégios do galinheiro: à noite, empoleira-se no melhor lugar, bem no alto, e além disso fecunda todas as galinhas para espalhar seus genes. Mas isso tem um preço, porque a tarefa do galo é proteger todo o galinheiro contra os invasores, e esses privilégios surgem apenas porque ele é o mais forte — uma posição que os galos mais jovens desafiam quando sentem-se fortes o bastante e atacam o chefe do galinheiro. As brigas de galo são acontecimentos brutais e sangrentos, pois a natureza do galo segue um curso fixo: quando do parte para o ataque, não existe nada além do impulso de ferir e matar. A crista vermelha tem a mesma aura triunfal que as plumas de um cavaleiro, e pode até mesmo tê-las inspirado; na antiguidade, o galo simbolizava o espírito de combate. E a crista não apenas se parece com as plumas, uma vez que no galo se expande e também cobre a pele ao redor dos olhos, como um elmo, antes de se estender para baixo em duas saliências que ficam suspensas abaixo do bico. Porém mesmo que esses atributos dificultem o consumo da carne de galo, pelo menos de maneira tão natural quanto outras carnes, não o impossibilita de todo. No carro, enquanto voltávamos para casa ao longo dos extensos cam-

180

pos adormecidos, me ocorreu que o galo também mantinha associações com o mundo subterrâneo. Mundo subterrâneo? De onde eu havia tirado essa ideia? Era por causa de um poema de Olav H. Hauge. Quando cheguei em casa, examinei o índice da poesia completa dele. Lá encontrei "O galo de ouro", que abre da seguinte maneira:

Estive morto por longo tempo. Morto em minha casca
Cantando feito o galo de ouro em Miklagard.
Vivi no subterrâneo — ouvi rumores e respostas
e resisti; e cavo soou o canto da alma vendida.

O galo desse poema é uma figura misteriosa, associado à opulência externa, quase como um refugo extravagante, mas também à morte, e com tudo aquilo que se encontra no subterrâneo. O nome Miklagard usado para designar Constantinopla me fez pensar nos vikings. E havia um elemento familiar naquele primeiro verso. *Estive morto por longo tempo...* É um verso incrível, um dos melhores na poesia nórdica de todos os tempos. Mas fazia pouco que eu o havia encontrado em outro lugar. Eu fazia uma associação vaga com os vikings, e então peguei a *Edda*. Encontrei a ideia no capítulo sobre a morte de Baldur. Lá, a profetisa diz "Morta estive por longo tempo". A profetisa se encontra no reino dos mortos, e é Odin quem a desperta dos mortos para descobrir o que significam os sonhos de Baldur. No reino da morte, a mesa está posta para um lauto banquete: estão à espera de Baldur. A frase de Hauge foi portanto retirada de um poema da *Edda*, mas lá não há nenhum galo. Nesse caso, de onde teria vindo a associação entre o galo e o mundo subterrâneo? Seria uma ideia original de Hauge? Meu pressentimento dizia que não, e assim continuei folheando e logo fui engolido por aqueles belos textos antigos. Ao longo da tarde, quando havia começado a nevar, encontrei o antigo galo nórdico. Estava no *Völuspá*, onde se lê:

... acima cantou
no alto da árvore
vermelho-vivo o galo
chamado Fjalar.

Para os Æsir canta
Gullinkambi,
desperta os guerreiros
do Pai da Guerra;
um outro canta
debaixo·da terra,
o vermelho-escuro galo
no reino de Hel.

Teria sido esse galo subterrâneo, esse galo que canta debaixo da terra, que me havia impedido de comprar o provavelmente delicioso sanduíche aberto da padaria? Nunca vou saber, pois os impulsos raras vezes estão ligados aos pensamentos: não existe congruência necessária entre um sentimento de repulsa e a explicação psicológica desse mesmo sentimento. De qualquer modo, o tempo inteiro essa associação estava lá, como uma reverberação, um acorde sombrio, abaixo da luz que ilumina as palavras "tupp" e "galo". E, uma vez que essa reverberação foi identificada, surgiu uma outra associação: Borghild Larsen, a irmã da minha avó materna, que morava em Årdal, em Jølster, na mesma casinha onde havia nascido e crescido, me contou certa vez, quando estávamos sentados na varanda da casa, olhando para as águas plácidas do Jølstravatnet, que antigamente, quando uma pessoa se afogava no lago, usavam um galo para encontrar o corpo. Colocavam um galo num barco e remavam devagar sobre as águas; onde o galo cantasse, o barco parava a fim de procurar o afogado.

Peixes

Quando estamos num escolho pescando, sentimos uma puxada e recolhemos a linha para fisgar um peixe, que minutos depois se debate em terra, é notável que a superfície lisa e polida da rocha, onde nada se projeta e onde não existe aspereza, sulcos ou qualquer outra forma de borda ou parede irregular, por assim dizer se repete no corpo do peixe, que também parece como que polido graças às linhas dinâmicas que começam na base da cauda, sobem em direção ao dorso e por fim descem em direção à boca, enquanto na parte inferior do corpo descrevem a mesma curva ao longo do abdômen, de maneira que o corpo dos peixes se parece com uma elipse e, quando comparado aos animais terrestres, à exceção das cobras e víboras, dá a impressão de ser apenas um torso. Se tentamos nos imaginar no lugar do peixe, é difícil não sentir vontade de estender os braços e tocar nas coisas, e a seguir desespero ao constatar que é impossível. Esse desejo e esse desespero não existem no peixe: não lhe falta nada, desde que tenha os movimentos peristálticos que se repetem em ondas através do corpo enquanto desliza ao longo do fundo à procura de alimento. Que essa vida sem braços, na qual tudo o que poderia ser pego é pego com a boca, é mais primitiva que a nossa, e o fato de que os braços sejam portanto uma espécie de acréscimo, um equipamento extra que, por mais importante que pareça no que diz respeito à vida em terra, estritamente falando não é necessário, confere-lhes uma certa opulência quando nos inclinamos sobre o peixe e retiramos o anzol da boca dele com uma das mãos enquanto com a outra firmamos o corpo frio e liso do peixe, que no entanto permanece repleto de uma vida e de uma força que logo desaparecem numa explosão negra quando batemos a cabeça do peixe contra a pedra a fim de matá-lo.

Eu cresci numa ilha, mas a vida com que eu me relacionava, que de vez em quando via e sobre a qual aprendíamos na escola era uma vida de plantas, árvores, animais terrestres e pássaros. O texugo, a raposa, a gralha, o abeto, a bétula, o pardal, o corvo, o cervo, a víbora, o alce, a gaivota, as anêmonas, a rã, a campânula-azul, a cobra-d'água, o freixo, o carvalho, o esquilo, a dedaleira, a cavalinha, o musgo, a lebre, o pinheiro. Não que a vida no mar ao redor fosse esquecida, era como se não pertencesse ao mundo em que eu vivia e com o qual me identificava, mas estivesse relacionada a outro mundo, como que do outro lado, mais ou menos como o céu estrelado, embora mais próximo, e portanto mais neutro. Jogar a chumbada e sentir aquele peso afundar nas profundezas sob o barco até de repente atingir o fundo como se a gravidade cessasse, para então balançá-la para cima e para baixo como uma sonda do mundo do ar, com uma série de ganchos metálicos ao redor, para que os peixes, no ritmo preguiçoso das correntes marítimas, abocanhassem-nos, era sem dúvida emocionante, porém de um jeito mecânico — será que vão morder a isca? —, mais ou menos como o desejo de um gol numa partida de futebol, sem o aspecto fantástico que um céu estrelado traz consigo. Nem mesmo quando os peixes mordiam a isca e tornavam-se visíveis como reflexos prateados sob a água em que o barco flutuava. Aconteceu no verão dos meus treze anos: de repente entendi, com a força que sempre acompanha as revelações mais óbvias, que as ilhotas do arquipélago eram na verdade o topo de montanhas, e que o mar fazia parte da paisagem, que os espaços que ocupava eram terra, onde cobria as partes mais baixas e corria em canais entre as partes mais altas, de maneira que os peixes nadavam lá embaixo como os pássaros voam entre as árvores. Esse pensamento de repente trouxe os peixes para dentro do mundo, e igualou o arenque à pega, o bacalhau ao castor, o linguado ao porco-espinho, o ling à andorinha. Todos nadavam vagarosamente por vales em meio a florestas submarinas, atravessavam planícies até chegar a falésias verticais onde certos peixes, em particular o bacalhau, gostavam de permanecer durante o inverno, e o meu pai, logo acima, lançava as iscas, enquanto eu o observava e as ondas quebravam com uma força tremenda contra o escolho logo abaixo e enchiam o ar com gotículas de água salgada que o vento soprava rumo ao interior do continente, fazendo com que o nosso cabelo estivesse duro no final do dia, quando voltávamos para casa com o barco cheio de peixes lisos e frios que continuavam batendo a cauda mesmo que há um bom tempo estivessem mortos.

Botinas

Ao longo dos anos tive cerca de trinta pares de botinas —
que era como chamávamos todo e qualquer calçado de inverno
na época em que cresci —, e usei-os todos os dias ao longo de um
inverno cada, certos pares talvez ao longo de dois, mas assim
mesmo eu mal os recordo. É assim justamente porque as usei
muito, e com isso vem a intimidade: o cotidiano faz com que tudo desapareça, o cotidiano é uma zona que condena ao esqueci-
mento tudo aquilo que nela se encontra. E além disso as botinas
fazem parte do espírito da época, essa ligação invisível que atravessa todas as pessoas e leva-as a fazer coisas que as tornem parecidas com as outras, e uma vez que as coisas idênticas são mais
difíceis de ver e de recordar do que as coisas não idênticas, há como que uma sombra projetada em cima da maioria das nossas
roupas, em meio à qual somente os itens mais especiais conseguem se destacar. Esses, no entanto, podem iluminar-se em nossa consciência mesmo com o passar de longas décadas. No que
diz respeito às botinas, lembro-me justamente de um par que
não tive. Eram o que se costumava chamar de "botinas de sámi",

que eram botinas altas, justas ao redor da perna, feitas de couro claro e com as pontas curvas. Não sei por que eu tanto queria um par dessas botinas, mas eu as queria muito, e tenho uma lembrança de parar em frente à vitrine de uma loja de sapatos em Arendal para admirar essas botinas dos meus sonhos. O desejo pode ter surgido em razão de um seriado de TV que passava naquela época e contava a história de um menino sámi chamado Ante, que teve uma grande influência sobre mim e sobre todo mundo que eu conhecia. Minha mãe tricotou para mim um blusão que eu considerava "de sámi", com fendas nas laterais, de maneira que a parte da frente e de trás pendiam livres, mais ou menos como as vestimentas que eu tinha visto os índios usarem, e essa sugestão indígena era outra associação que tanto o blusão como as botinas despertavam, por via do elemento sámi. Houve uma vez em que desci a encosta correndo enquanto usava esse blusão, e lembro que eu tive um "sentimento sámi" muito claro, me senti como um sámi ou um índio, e esse sentimento fez com que me enchesse de júbilo. Esse momento, que não pode ter durado mais do que uns poucos segundos, é na verdade uma das lembranças mais intensas que tenho da minha infância. O vento soprando no meu rosto, as abas soltas do blusão batendo contra as coxas e a bunda enquanto eu corria, o cascalho rumorejando sob os meus pés, a névoa que pairava entre as árvores no outro lado da estrada. Era esse o sentimento que eu queria reviver quando parei em frente à vitrine e fiquei olhando para aquele par de botinas claras de cano alto. Eram muito bonitas. Naquela época eu achava que roupas bonitas e calçados bonitos também me tornariam bonito, ou charmoso, como eu hoje diria. Mas ser bonito, ou então charmoso, não era uma busca digna, conforme aprendi anos mais tarde, quando essas mesmas botinas passaram a ser o tipo de coisa que eu jamais usaria.

Entre as botinas que de fato tive, e não apenas desejei ter, há também um par do qual me recordo. Não porque fossem especialmente bonitas ou especialmente quentes. Pelo contrário: eram velhas e rachadas, eu as tinha herdado do meu irmão, já furadas e desgastadas. Eram botinas de cano baixo, com zíper nas laterais. Pretas, mas no alto o preto estava gasto: o que se via era um cinza. Nessas botinas as minhas meias acabavam encharcadas, e eu morria de frio quando as usava. Na verdade eu tinha sido proibido de usá-las na escola, então eu as levava num saco plástico dentro da mochila e as colocava já no ônibus. Eu fazia isso porque essas botinas tinham uma característica única. As solas estavam tão gastas que praticamente não criavam fricção nenhuma contra a neve. E aquele era um inverno em que havia surgido um troço novo, uma de muitas febres que por semanas dominavam as nossas atividades no loteamento ou então na escola. Em vez de correr ladeira abaixo nas encostas mais íngremes usando esquis ou trenós, usávamos botinas. Era uma grande coisa. Quando o limpa-neves havia passado, a neve das encostas ficava às vezes lisa como gelo, reluzia como um espelho sob a luz da iluminação pública, e nessas horas era possível descê-la mesmo com botinas novas, que tinham o solado ainda intacto. Mas se houvesse neve mais fofa na pista, só as botinas desgastadas serviam. Esse detalhe fazia com que as minhas botinas velhas, gastas e parecidas com as de Chaplin se tornassem infinitamente valiosas. Com elas nos pés eu conseguia descer todas as encostas em quase todas as condições imagináveis a uma grande velocidade. Ficamos cada vez melhores naquilo: ao entardecer, sob a iluminação amarela da rua, era possível ver três ou quatro meninos magros descendo a encosta riscados, uns com o corpo inclinado para a frente, como os atletas de salto, outros com o corpo reto, como se nada daquilo estivesse acontecendo e na verdade se encontrassem numa situação muito distinta, de pé, simplesmente conversando num cruzamento, talvez, enquanto ainda outros faziam movimentos trôpegos com o corpo que mais pareciam limpadores de cachimbo. Mas ninguém era mais rápido que eu, graças às minhas botinas mágicas, com as quais o destino me presenteara. E, se comparo aquele menino ao homem que hoje sou, e se digo que a alegria do menino vale tanto quanto a do homem, aquelas devem ter sido as semanas mais felizes da minha vida: foi a única vez que atingi tudo aquilo que eu havia sonhado.

Sentimento vital

Sentimos o tempo inteiro uma coisa ou outra, e nosso humor está sempre de um jeito ou de outro. Porém mesmo que os sentimentos e o humor marquem nossa existência de maneira fundamental, ninguém sabe ao certo o que são os sentimentos ou o que é o humor, onde surgem, no que consistem, por que estão lá. Por meio de experimentos, já foi possível associar determinados tipos de pensamentos e de processos mentais a determinadas áreas do cérebro, mas os sentimentos e o humor não são pensamentos, eles não se encontram num lugar definido, e parecem-se mais com uma espécie de ambiente no qual os pensamentos são pensados. Os sentimentos e o humor tampouco parecem fazer parte da estrutura consciente do eu, pois enquanto se encontram num estado constante de transformação, essa transformação é observada pelo eu, que de certa forma encontra-se do lado de fora, mesmo que os sentimentos e o humor por vezes tomem conta de tudo, como nos ataques incontroláveis de raiva, na alegria intensa e na depressão. Mas, se é mesmo assim, se o eu não é o mesmo que os sentimentos e o humor, então seria possível imaginar um eu que não sente nada e que não se encontra em nenhum estado de humor. Mas um eu neutro assim não existe. Todo mundo tem sentimentos *o tempo inteiro*, e todo mundo está *o tempo inteiro* com um determinado humor. Pode ser que essa relação se reflita na maneira como falamos a respeito do assunto, quando dizemos que uma pessoa está animada ou desanimada, ou seja, pode ser que os sentimentos e o humor influenciem o eu da mesma forma como a afinação de um instrumento influencia a música. Nesse caso, o instrumento corresponderia aos pensamentos, o tom aos sentimentos e ao humor e a música ao eu, e a alma à execução como um todo. As metáforas que estabelecem uma ligação entre a vida interior e fenômenos e coisas exteriores não apenas a reduzem, mas também a ligam ao presente, como por exemplo a ideia do século XVII segundo a qual o cérebro funcionaria como uma máquina ou como um relógio, ou então a ideia contemporânea segundo a qual o cérebro é como um computador dotado de software, hardware e memória. A música é a única outra coisa que eu conheço que, assim como a alma, surge a partir de um contexto técnico e material — no caso dos instrumentos, cordas e parafusos, tubos e cavidades, peles e arcos, no caso da alma, feixes de nervos, membranas, axônios e dendritos — sem que o resultado desse ponto de partida material possa ser de qualquer forma traçado de volta à origem. Mapear as funções do cérebro é como estudar o trabalho de um fabricante de instrumentos na oficina, é como analisar a idade e o local de origem da madeira, o nível de umidade e de elasticidade, as cordas e a composição química da cola no intuito de explicar a sinfonia. Mas as diferenças são obviamente maiores que as similaridades, inclusive porque a música é composta, ou seja, é o produto de uma vontade, enquanto aquilo que ocorre todos os dias em nosso âmago, todos os diferentes humores em que nos encontramos, não são formados por nenhuma vontade, apenas surgem em nós. Não de forma arbitrária, tudo acontece em sintonia com aquilo que vivemos e experienciamos, com o modo como fomos criados e com aquilo que nos tornamos, mas assim mesmo fora do nosso controle. Eu não escolhi acordar desanimado todas as manhãs, porém mesmo conhecendo o motivo, que o âmago se movimenta em função de si mesmo e impede que o mundo exterior ocupe espaço, não existe nada que eu possa fazer a esse respeito. Mas sei que esse bloqueio do mundo decide os nossos sentimentos e o nosso humor, e que essa é uma deturpação do ponto de partida da existência humana, tanto porque tenho filhos e vejo a forma como o mundo flui através das crianças como porque eu mesmo já fui criança e me lembro de como era, e também porque em raras ocasiões senti tudo se erguer dentro de mim e tornar-se leve e luminoso, e essa sensação esteve sempre ligada a uma intensa vivência do mundo. A vivência da arte também pode ser muito intensa, e também pode nos erguer e fazer com que tudo pareça leve, sem no entanto abandonar aquilo a que se encontra presa — mais ou menos como acontece quando um galho é erguido pelo vento, as folhas tremulam e estremecem e se enchem com os reflexos do sol. A leveza na vivência do mundo é diferente, porque não é centrada em nada definido: o que preenche a alma é justamente uma leveza indefinida. Não o galho erguido pelo vento, mas o próprio vento. Não as folhas que refletem o sol, mas a própria luz do sol.

J.

A última vez que vi J. foi uns poucos dias atrás, passei de carro em frente à casa dele e o vi dormindo numa espreguiçadeira, enrolado num cobertor de lã. Ele tinha a boca aberta, e estava tão magro que de longe a cabeça parecia quase uma caveira. J. sempre foi pequeno e franzino, mas a força nele era ao mesmo tempo tão grande que eu nunca tinha pensado muito a respeito do assunto antes desses últimos dois ou três anos em que a doença não apenas lhe crispou os dedos, que agora parecem os de uma bruxa, mas também o deixou corcunda, ao mesmo tempo que aquele vigor enorme parece ter desaparecido por completo. Ele parecia um monte de roupas amontoadas na espreguiçadeira. Talvez hoje a característica mais marcante de J. seja que o tempo que lhe arrasou o corpo tenha deixado a alma em paz. O rosto é cheio de sulcos e rugas, e o corpo é deformado, mais ou menos como as árvores próximas do mar, que trazem as marcas das ventanias e tempestades que as obrigam a crescer nos ângulos mais barrocos, enquanto a alma dá a impressão de permanecer intocada, parece manter-se tão pura e tão inocente como deve ter sido quando ele tinha sete anos. Hoje ele tem sessenta e seis. Os olhos são joviais, cheios de alegria, mas também de uma certa insegurança, pois é evidente que J. apresenta traços de narcisismo. Mas essa insegurança não se aplica a quem ele é, apenas a quem ele é numa situação determinada, e isso está relacionado ao charme que ele tem. Uns dois ou três anos atrás, quando J. ainda não estava tão reduzido, encontrei-o no restaurante local, e na hora me ocorreu que havia uma coisa imponente naquela figura, por causa da barba volumosa, e também porque aquele rosto marcado poderia ter pertencido a um dos patriarcas da Bíblia. Aquela figura tinha uma aura de dignidade, mas de forma desvairada, uma característica típica das pessoas obstinadas, mais ou menos como o desvario típico da idade avançada que Beckett emana em certas fotografias. Mas quando eu parei em frente à mesa dele, ou então quando me sentei, e ele começou a falar, foi como se aquele rosto austero e maltratado pelo tempo não pertencesse a ele, mas fosse uma espécie de máscara usada pelos olhos gentis e formada pelas expressões do rosto de um menino. Por muitas vezes tive essa mesma impressão, e mesmo que eu a reconhecesse, uma vez que o meu avô materno também houvesse tido um pouco daquilo, era diferente: no caso do meu avô, era uma característica que se revelava em lampejos, nas horas em que o elemento que mantinha aquela dignidade de senhor idoso se esfacelava, enquanto no caráter de J. não se percebia a existência de nenhum elemento coesivo desse tipo. Mas quais seriam esses elementos coesivos? J. dirigia-se a todos como se fossem crianças, porque ele próprio era como um menino, e jamais corrigiu essa postura, ou jamais admitiu que a corrigissem: ao longo da vida inteira, J. foi uma pessoa celebrada.

Um ano depois fui convidado para uma recepção no jardim dele. Era primavera, a luz do sol baixo banhava as mesas postas no gramado e as pessoas com roupas de festa sentadas ao redor.

Eu tinha levado uma das minhas filhas, ela tinha oito anos e estava curiosa para conhecer o anfitrião, a respeito de quem eu havia contado umas histórias. Mas ele não estava lá. Dois homens trouxeram a comida e a serviram numa mesa, onde já havia garrafas de cerveja, vinho e refrigerante. Um deles avisou que J. logo apareceria, e que havia dito que por ora podíamos começar a refeição. Foi o que fizemos. Quando ele vai chegar?, minha filha perguntou diversas vezes ao longo da refeição. Quando o J. vai chegar?

Quando ele finalmente chegou, apoiado pelos mesmos dois homens que haviam servido a comida, ela arregalou os olhos. Aquele corpo pequeno, magro e retraído estava totalmente vestido de branco, e o casaco, que era largo e chegava quase até os joelhos dele, mais parecia a roupa de um marajá. Sobre o peito branco ele trazia uma medalha vistosa, era a Ordem do Mérito Real, acima da boca ele tinha um bigode fino, os olhos estavam cobertos por um par de óculos escuros e os cabelos vinham lambidos para trás. J. parou, os dois homens se afastaram e, com o peito estufado, ele correu os olhos pela companhia. Ele parecia um ditador da América do Sul. Fez um breve discurso e sentou--se à nossa mesa. Um dos homens serviu vodca num copo, que J. tomou de um só trago, com a respiração ofegante. Durante a meia hora a seguir ele falou de maneira bastante coesa a respeito de si e dos seus. Minha filha não tirava os olhos dele. Por fim ela tomou coragem e fez uma pergunta. Foi como se ele deixasse todo o resto de lado, porque se aproximou dela, pediu que repetisse a pergunta e manteve-se nessa posição, com toda a atenção voltada à minha filha, como se não existisse mais ninguém, por no mínimo dez minutos.

Ela ficou encantada. E isso foi antes de ouvi-lo cantar. Pois uma das características mais notáveis de J. é a voz enorme que ninguém acreditaria capaz de sair daquele pequeno corpo, que o transformou na pessoa que é e o levou até a situação em que hoje se encontra, a de um homem que dorme de boca aberta em frente à casa sob o brilho do sol frio de fevereiro, aparentemente moribundo.

Ônibus

A neve cai há dois dias, e hoje pela manhã ouvi falar que o ônibus escolar foi cancelado. A camada de neve está bem fina, e cancelar o ônibus escolar para que as crianças permaneçam em casa parece uma precaução exagerada. É a cara da Suécia, pensei, e me lembrei de uma vez em Malmö quando pediram à população que se mantivesse em casa e não saísse para a rua a não ser em caso de absoluta necessidade porque havia uma tempestade a caminho. A tempestade veio e eu levei as crianças à rua para que vissem aquilo: caminhamos pelas ruas vazias enquanto o vento soprava os nossos cabelos e derrubava uma placa ou outra. Não havia perigo nenhum, era só um pouco de vento. A orientação das autoridades era pura histeria. E naquele momento estavam se negando a ter crianças nas escolas por conta de uns poucos centímetros de neve recém-caída. Mencionei o assunto a Geir A. no telefone achando que poderíamos rir juntos da Suécia, como em geral fazíamos, mas ele disse que aquilo não era uma questão de cautela ou de covardia, mas puramente uma questão econômica. Assim eles economizam dinheiro, porque os ônibus daqui não têm correntes nos pneus, você nunca percebeu? Não, eu não tinha percebido. E já se haviam passado muitos anos desde a última vez que eu havia pensado em correntes de pneu. De repente tudo aquilo voltou, aquele fenômeno que enchia as estradas com um tilintar rítmico e bonito na década de 70, quando todos os ônibus, todos os caminhões e também muitos carros usavam correntes metálicas presas às rodas quando nevava. Os ônibus daquela época eram como caixotes, tinham poucas das curvas aerodinâmicas que se veem hoje em dia e que fazem com que os ônibus se assemelhem um pouco a navios, a cruzeiros que se erguem acima dos carros no tráfego. Por dentro também eram bastante diferentes, pois enquanto os ônibus de hoje têm assentos confortáveis e interiores sofisticados, muitas vezes em cores escuras, e assim sugerem as peças de uma casa, naquela época o interior dos ônibus parecia-se com um galpão ou um armazém. E enquanto os ônibus de hoje avançam em silêncio, os daquela época se enchiam com o ronco do motor, que punha tudo a vibrar e a tremer, o chão, as janelas, os assentos, como se nós, ao subir vindos da neve no lado de fora, com nossas mochilas penduradas nas costas, estivéssemos chegando a uma linha de produção. Que aquele caixote sobre rodas, similar a um galpão ou talvez até a uma oficina, pudesse ser impedido de trafegar por uma coisa simples como a neve era inconcebível. Claro que era preciso reduzir a velocidade nas descidas, mas isso era tudo. Os anos 70 foram a última década robusta. Não seria fácil dizer por que as décadas seguintes tornaram-se cada vez mais delicadas, mas pode ser apenas que as almas sensíveis dos anos 70, que se mantinham pálidas e feminis, sentadas nos assentos enquanto observavam o panorama nevado e sonhavam acordadas com um lugar distante daquelas máquinas estrondosas, daqueles assentos sacolejantes e daqueles meninos zombeteiros — que em dias como aquele passavam as tardes em frente à loja, onde, assim que os motoristas ocupavam os assentos, corriam abaixados para trás dos carros e permaneciam agachados lá, com as mãos firmemente agarradas ao para-choque, enquanto o carro saía do estacionamento e tomava o caminho da estrada, deslizando na sola dos sapatos, numa competição para ver quem tinha a coragem de se manter agarrado por mais tempo e chegar mais longe, que também incluía os ônibus, tão largos que havia lugar para quatro ou cinco meninos encolhidos que eram arrastados até a estrada principal, onde soltavam-se um após o outro, mais ou menos no ritmo dos paraquedistas que saltam um após o outro de um avião, e aos poucos reduziam a velocidade até frear por completo, quando se mantinham por uns poucos segundos imóveis na estrada, provavelmente rindo, para então correr de volta e encontrar um novo veículo ao qual pudessem se agarrar —, essas almas que não podiam fazer parte dessa ou de outras brincadeiras da época, e que se amedrontavam com os barulhos ríspidos e a aparência dos limpa-neves, pode ser apenas que essas almas sonhadoras e delicadas fossem bem mais numerosas do que se poderia imaginar.

Hábitos

Por um motivo ou outro, muitas vezes os escritores são questionados sobre o tipo de hábitos e rotinas que mantêm, como por exemplo a que horas acordam e a que horas começam a escrever, se escrevem à mão ou no computador ou se existe um objeto indispensável durante o processo de escrita. Não seria fácil determinar o motivo para esse interesse pelo cotidiano no caso específico dos escritores, mas o motivo deve assim mesmo existir, porque esse tipo de interesse não se aplica a outros grupos similares. Talvez esteja relacionado ao fato de que todo mundo sabe ler e escrever, mas por outro lado o papel de escritor tem um aspecto elevado, e portanto seria necessário construir uma ponte sobre esse abismo, que no entanto permanece incompreensível. Ou então pode estar relacionado ao fato de que escrever é uma atividade voluntária, e que a pessoa que escreve pode a qualquer momento abster-se dessa atividade, o que seria impensável para um empregado, e assim pareceria indefinido ou então atraente. Na minha juventude eu lia entrevistas dadas por escritores com profundo interesse. Eu não estava em busca de um método, segundo acreditava: estava em busca de saber o que era preciso. Um padrão, respostas coincidentes: o que faz de um escritor um escritor? Hoje sei que todos os escritores são amadores, e que talvez a única coisa que têm em comum é que não sabem como se deve escrever um romance, um conto ou um poema. Essa insegurança fundamental cria a necessidade de hábitos, que não são nada além de uma moldura, um andaime ao redor do imprevisível. As crianças têm a mesma necessidade, certas coisas precisam se repetir na vida delas, mas isso não pode estar ligado à vida interior, é preciso que esteja ligado à realidade exterior, que elas saibam de antemão pelo menos uma parte do que vai acontecer. O fato de que a repetição não está sedimentada em nós, como está na maioria das outras criaturas, mas precisa ser criada e mantida por atos de vontade, talvez seja a mais importante distinção entre humanos e animais. Os animais que são retirados do ambiente habitual e colocados num ambiente novo, como cachorros, não têm nenhum mecanismo para lidar com a imprevisibilidade, e assim desenvolvem padrões de comportamentos repetitivos malucos, tiques e outras compulsões. Quando a imprevisibilidade se torna grande o bastante, as crianças também reagem de forma similar. Angústia, agressividade, comportamento antissocial. Dante escreveu que ninguém seria capaz de entender outra criatura humana partindo de ações e sentimentos próprios, como os animais fazem, e que foi por isso que Deus nos deu a linguagem. Em outras palavras, para tornar visíveis as diferenças, de maneira que a previsibilidade e a funcionalidade tornem a vida em sociedade possível. Mas, se as diferenças se repetem, transformam-se em semelhanças, ou seja, no próprio oposto. Isso torna a linguagem traiçoeira, porque serve a dois senhores, e é por esse motivo, e não por outro, que a literatura existe. E é por esse motivo que somente pessoas que não sabem escrever podem escrevê-la. Pois, se um hábito é posto no interior da literatura, e não no exterior, já não se trata mais de literatura, mas apenas de um andaime para a existência.

Cérebro

O cérebro, que numa pessoa adulta pesa cerca de um quilo, é composto de dois hemisférios simétricos e separados por uma fissura longitudinal, e se parece acima de tudo com uma grande noz, no sentido de que a superfície é toda enrugada, cheia de sulcos e depressões, e também porque o cérebro, a exemplo das nozes, encontra-se no interior de uma casca dura e redonda que faz as vezes de caixa. Mas, enquanto a noz é seca, enrugada e morta, o cérebro é úmido e repleto de líquidos, e nessa perspectiva se parece mais com um molusco, que também é composto de um interior úmido e vivo fechado no interior de uma casca. A diferença mais importante, claro, é que o molusco compõe uma unidade, que constitui uma criatura em si mesmo, enquanto o cérebro é apenas um órgão que integra um todo maior, a saber, o corpo humano, através do qual o cérebro se ramifica por meio dos inúmeros nervos que dele saem. Mas, se pudéssemos retirar o cérebro da caixa craniana e separar cada um desses nervos, que saem do cérebro, descem pela nuca e se espalham por todas as partes do corpo, o cérebro haveria de parecer-se com uma criatura à parte, não mais uma criatura terrestre, porque não teria pernas nem braços, mas uma criatura que flutua no mar. Com os nervos flutuando como um véu atrás de si, o cérebro haveria de parecer-se com uma água-viva. As cores pálidas e acinzentadas seriam mais uma característica em comum com outras criaturas que vivem em lugares aonde a luz jamais chega, bem como a cegueira. Nesse caso é preciso imaginar que os cérebros teriam desenvolvido pequenas bocas, talvez sob os lóbulos frontais, e um pequeno sistema digestório com intestinos finos e macios que corressem pelas dobras, e talvez um pequeno estômago ou uma pequena glândula digestiva na parte inferior. Como esses cérebros seriam relativamente pesados e compactos, ao contrário do tecido macio e da forma móvel e discoide das águas-vivas, precisariam viver no fundo, onde a água se movimentasse, onde houvesse correntes fortes o bastante para que o plâncton e o krill e outras pequenas criaturas marinhas passassem e os cérebros assim pudessem apanhá-las com as pequenas bocas, ou talvez com os nervos longos e finos, cuja eletricidade poderia incapacitar criaturas um pouco maiores, e que talvez pudessem ser controlados de forma voluntária, para que assim pudessem levar as presas em direção à boca. Não é difícil imaginar os cérebros dessa maneira, imóveis no fundo do mar em grupos de cem, cento e cinquenta, como um amontoado de cascalho, com o véu de nervos preguiçosamente ondulando de um lado para outro. Às vezes, quando as correntes estivessem mais fortes, aqueles mais distantes do centro talvez se desgarrassem e fossem levados embora, como uma bola de couro na água, até que por fim afundassem em outro lugar. Não seria fácil dizer no que pensariam enquanto permanecessem lá, mas parece razoável supor que acabariam por desenvolver o potencial budista de que todos os cérebros são dotados. Os cérebros cultivariam a ideia de que o mundo não passa de uma representação, e assim passariam a explorar os espaços vazios nos interstícios do pensamento, repousando por assim dizer nesses vazios que se tornariam maiores a cada ano, até que por fim não existisse mais nada neles. Os pensamentos que flutuariam nesse vazio seriam pálidos e vagos, já não mais reconhecíveis como pensamentos, e, quando preenchessem os cérebros, haveriam de fazê-lo à maneira onírica, cintilando como postes de iluminação em meio à neblina. Que essa também é a forma do pensamento dos peixes eles não saberiam, pois já não pensariam mais de outras formas, apenas se deixariam preencher por aquela luz pálida que a princípio se revelaria como um ponto luminoso e aos poucos cresceria até preenchê-los por inteiro, para então desvanecer novamente. O vazio resultante tampouco seria motivo de reflexão, salvo por uns poucos cérebros nos quais subsistiria a debilíssima expectativa em relação a uma luz vindoura, como uma reverberação, até que também essa expectativa desaparecesse e todos por fim estivessem imóveis no escuro, sem pensar em nada.

Sexo

Na época em que eu cresci havia duas versões sobre o sexo. Uma vinha das revistas pornográficas que começavam a circular entre os meninos do loteamento a partir dos dez anos, nas quais o sexo era uma coisa secreta, proibida, suja e quase ilícita, mas ao mesmo tempo atraente, porque todos os limites eram postos de lado: tínhamos o vislumbre de um mundo absolutamente hedonístico, distante do nosso a ponto de acharmos que não podia ser verdadeiro, enquanto ao mesmo tempo nos dávamos conta de que aquele mundo também existia ao nosso redor, entre os nossos pais e os nossos professores, as pessoas que trabalhavam nas lojas e dirigiam ônibus, as pessoas que víamos na TV e ouvíamos no rádio. A outra versão sobre o sexo era o exato oposto, dizia respeito ao amor e à pessoa certa, com a qual havíamos de nos casar e ter filhos. Essa versão também existia ao nosso redor nas mais variadas formas, em livros, filmes, revistas, gibis e também na parte visível da vida de nossos pais. As duas versões eram tão distintas que parecia impossível conciliá-las, ainda que dissessem respeito à mesma coisa. Essa impossibilidade de conciliá-

-las deixou marcas na relação que eu tinha com o sexo naquela época, quando era jovem, e essas marcas persistem até hoje. Desde menino eu concebo o feminino como uma coisa superior e inalcançável, sinto ao mesmo tempo admiração e desejo pelo mundo feminino, sempre cheio de beleza, desde as roupas, sempre tão presentes, repletas de nuances e detalhes, até os sorrisos enigmáticos, ora calorosos e debochados, ora frios e desdenhosos, desde os pulsos delicados até as curvas macias, com os quadris largos e o volume dos seios, passando também pelos movimentos elegantes e delicados. Eu queria tudo aquilo, queria fazer parte daquilo, queria mergulhar naquilo. Mas, como eu via em primeiro lugar todas as meninas e em segundo lugar todas as mulheres adultas como infinitamente mais dignas do que eu, como seres absolutamente superiores, não havia uma via de entrada para aquele universo. As únicas meninas e mulheres com quem eu conseguia falar eram aquelas que eu respeitava pouco, como a mim próprio: as que não tinham uma aparência muito bonita e que eu tampouco desejava. Se, contra todas as expectativas, me visse a sós num fim de tarde com uma mulher que admirava e desejava, o que eu trazia para o encontro eram o meu silêncio e a impressão de um significado profundo, que devia reluzir de maneira indômita e desesperada nos meus olhos, uma coisa tão assustadora que praticamente nunca levou a nada, a não ser a passos que se perdiam numa rua, num lance de escadas, no interior de um apartamento. Nas raras vezes em que a minha reação dava resultados, a vontade acumulada ao longo de anos de fantasias intensas me fazia gozar quase de imediato e eu nunca conseguia chegar aonde eu queria, no ponto de me derramar em peitos e coxas, bundas e fendas molhadas. A ejaculação precoce é o símbolo do homem infantil, mas também está ligada à ansiedade e ao medo do elemento feminino, pelo menos no meu caso. Quando a minha paixão certa vez foi retribuída e acabamos juntos, eu sentia tanto medo de fazer a única coisa que desejava que cheguei a dizer para ela que eu achava que devíamos nos conhecer melhor antes de irmos juntos para a cama. Ela me olhou com uma cara de interrogação, mas aceitou. Passaram-se várias semanas, e eu me sentia o tempo inteiro apavorado. Tenho medo de mulher, e o que me amedronta é pensar que não vou ser o bastante, não vou ser bom o suficiente. A ironia é que é justamente esse medo que faz com que um homem não seja bom o suficiente, não seja o bastante, pois o elemento masculino que as mulheres desejam, pelo menos de acordo com a minha experiência, é a autossuficiência, a obstinação, a soberania. Mas, quando se chega a esse ponto, quando a versão sobre o amor e a pessoa escolhida se funde com a versão sobre o sexo como hedonismo sem limites, aos poucos surge um obstáculo, porque esse tipo de sexo exige distância, e quando estamos num relacionamento, quando vivemos juntos dia após dia, a natureza desse relacionamento faz com que as distâncias tornem-se cada vez menores, os dois integrantes do casal tornam-se cada vez mais próximos um do outro, e quanto maior é o amor, mais difícil se torna relacioná-lo ao sexo, ao menos para quem não é um galinha capaz de agir como se a pessoa com quem se vai para a cama não significasse nada. Me ocorre agora que talvez essa seja a manifestação suprema do amor.

Montes de neve

Na antiga mitologia nórdica, Fönn era uma troll feiticeira, irmã de Þorri, Mjöll e Drífa, filha de Snær, que por sua vez é filho de Jökull. Quando sabemos que em nórdico antigo "fönn" designa um grande monte de neve, "þorri" a neve congelada, "mjöll" uma nevasca, "drífa" a neve soprada pelo vento rente ao chão e "jökull" o gelo, toda uma realidade à parte surge diante de nós, pois não apenas entrevemos um mundo frio e nevado graças a esses nomes, mas também uma crença em que diferentes aspectos desse mundo representam diferentes forças. O limite entre a personificação e a atribuição de nomes é instável, pois mesmo que não acreditemos que uma nevasca seja uma força à parte, não há como negar que represente um estado distinto da natureza, que cria seu próprio espaço e que dá luz a atmosferas e reverberações próprias, e através do nome tudo isso é reunido e delimitado, de maneira que não apenas podemos reconhecê--lo como uma entidade à parte quando se faz presente, como também podemos invocá-lo quando não se faz presente. Ah, as nevascas, a neve soprada rente ao chão, a neve que cai durante a chuva! Ah, as tempestades de neve, a neve derretida, as crostas de neve! Ah, a neve úmida, o pó de neve, ah, os incríveis e profundos montes de neve! Mesmo no loteamento em que eu cresci, com ruas novas, casas e jardins, essas variantes da neve deixavam marcas na vida e na paisagem, e em certos momentos dominavam o panorama. Lembro-me bem de um inverno em que caiu uma quantia incrível de neve, dia após dia os flocos grandes e úmidos caíram do céu pesado e cinzento. Em meio às árvores pretas e imóveis um pouco mais abaixo, cujos troncos reluziam com a umidade, os flocos de neve acumulavam-se em cima dos pátios, em cima dos telhados, em cima das estradas, em cima das fábricas, em cima dos trapiches, da ponte e do estreito; por toda parte caíam aqueles flocos de neve, tão densos que o ar parecia branco. Depois esfriou ainda mais e a neve se tornou mais seca e mais leve; logo os flocos rodopiavam no vento, eram soprados para longe, e assim era possível ver que rumo o vento em geral tomava, dava para ver que se chocava contra o muro lá, que era conduzido pelo espaço entre o trailer e a parede da casa aqui, que parecia sair correndo da floresta e, com forças renovadas, avançava rumo ao espaço aberto e congelado da baía até encontrar a montanha do outro lado e mais uma vez ser empurrado para cima. Quando o vento amainou e a neve cessou, a paisagem sofreu uma transformação radical. As estradas haviam ganhado paredes, e em certos pontos os montes altos deixados pelos limpa--neves faziam com que parecessem fendas. A floresta havia ganhado um novo assoalho, branco e fofo, que cobria todas as irregularidades. No pé das encostas, em frente a todas as elevações da paisagem, quer fossem paredes de casas, rochas, árvores caídas ou a margem elevada de um córrego, a neve se acumulava em montes, que em certos pontos erguiam-se a vários metros de altura. Para que poderiam servir? Pareceu uma boa ideia pular em cima deles. E essa pulaçada se espalhou como uma febre pelo loteamento. Pulávamos de todos os pontos mais altos que conseguíssemos encontrar, a princípio com uma hesitação similar à que surge quando mergulhamos num lugar novo, onde ninguém sabe se a água é suficientemente profunda, mais tarde com entusiasmo e confiança. No início eram saltos de dois metros de altura, depois três, quatro, às vezes cinco, talvez seis no caso dos mais corajosos — as proporções são diferentes em nossa infância: uma rocha pode ser uma montanha, uma clareira uma planície, uma garagem um hangar —, mas, a despeito de qualquer outra coisa, nossas vidas somente em raras ocasiões foram mais emocionantes e mais repletas de possibilidades do que naquela época, quando subíamos no telhado e pulávamos, subíamos numa projeção rochosa e pulávamos, subíamos numa árvore e pulávamos. O mundo havia se aberto, de repente havia novas possibilidades de um tipo incrível, pois ninguém é feito para aparecer flutuando no meio da floresta. Que aquilo fosse apenas um grupo de crianças em busca do fantástico — eu nunca vi um adulto se dar ao trabalho de subir num telhado ou numa projeção rochosa para se jogar no monte de neve mais abaixo — pareceu estranho na época, mas não me parece hoje, quando sou um homem adulto e tanto a abertura em relação ao novo como o pulo e a liberdade do pulo surgem como grandezas indesejadas. Não apenas por serem infantis e porque seria motivo de humilhação ser visto pelo vizinho a pular do telhado, mas também porque o hábito, a estagnação e a ausência de liberdade são como velhos amigos: conheço-os de perto e sei o que esperar deles, e hoje isso é mais importante do que a novidade, a queda e a liberdade.

Ponto de fuga

Da janela junto à qual me sento para escrever vejo a casa onde moramos. Há poucos minutos um homem chegou caminhando pela estradinha de pedra, deteve-se em frente à porta e bateu. É raro que apareçam outras pessoas por aqui, a não ser pelos pais dos amigos dos nossos filhos, então me senti um pouco incomodado, mesmo imaginando que ele trabalhasse para uma transportadora. Me levantei, saí e o chamei. Ele tinha cabelos loiros de tom avermelhado, queixo largo e olhar atento, mas não muito interessado. Knasgard?, ele perguntou. Fiz um gesto afirmativo com a cabeça. Tenho uma encomenda para você, disse. Eu o acompanhei até o caminhão estacionado na estrada atrás da casa e ele entrou no compartimento de carga, que estava quase vazio e parecia desproporcionalmente grande em relação à pequena caixa estendida na minha direção. Assinei com o dedo no terminal móvel que ele tinha consigo e, quando voltei para casa, ouvi a porta bater e a partida do motor. Depois fiquei sentado, pensando sobre escalas. Ninguém que aparecesse por aqui, fosse caminhando por uma estradinha ou por um gramado, seria anônimo; ninguém era qualquer um, mesmo que por vezes as pessoas surgissem apenas como representantes do trabalho que desempenhavam, em geral entregadores de transportadoras, mas também encanadores, eletricistas, marceneiros e um que outro vendedor de bilhetes de loteria. Mesmo que eu nunca os tivesse visto antes e não soubesse nada a respeito deles, nem mesmo como se chamavam, todos eram alguém, todos eram pessoas definidas com personalidades totalmente distintas de todas as outras; e era isso o que se percebia quando surgiam no campo de visão. A maneira de sustentar a cabeça, a forma de andar, a velocidade dos passos, a aura do rosto. Para nós mesmos somos o tempo inteiro aquilo que somos, mas para os outros aquilo que somos é uma coisa que surge, nos acompanha por um tempo e depois vai embora. Existe um ponto de fuga na esfera humana, uma zona onde, para os outros, passamos de definidos para indefinidos, de indefinidos para definidos. Essa pessoa indefinida, sem rosto e sem caráter, vive conforme os padrões que a definem e serve como matéria-prima para a estatística. A quantidade de pessoas que a cada ano morre em acidentes de trânsito, que a cada verão se afoga no mar e em rios, que a cada manhã de janeiro pula a catraca do metrô permanece mais ou menos constante, ainda que esse acidente específico, esse afogamento específico, essa viagem de metrô sejam o resultado de uma série de decisões pessoais e individuais. Se você observa a cidade-satélite do seu apartamento no décimo sétimo andar à tarde, o que você vê é isso, a maneira como todas aquelas pessoas, todos aqueles pontinhos escuros como formigas, seguem os mesmos caminhos e trajetos, de acordo com um ritmo sobre o qual ninguém decide, primeiro o fluxo de todos aqueles que se dirigem ao trabalho, depois o padrão mais espalhado daqueles que se mantêm pela região durante o dia, as pessoas mais velhas, as pessoas que empurram carrinhos de bebê, as pessoas de licença médica, e por fim um novo fluxo de pessoas quando o dia de trabalho se encerra. Esses movimentos podem ser facilmente simulados num computador, porque as variáveis são poucas, uma vez que, a despeito do que pensemos enquanto atravessamos o lago congelado de volta para casa, a despeito da originalidade dos nossos pensamentos naquele momento em que temos a cabeça baixa e o olhar fixo na neve pisoteada, somos também o tempo inteiro previsíveis, uma vez que sempre fazemos parte de movimentos em maior escala, como o pássaro numa grande revoada executa manobras sincronizadas no ar sem que nenhum indivíduo tenha decidido aquilo, e por um instante cria uma forma que se parece com uma enorme mão que acena.

Década de 70

Às vezes conto para os meus filhos a respeito da década de 70. Em geral são conversas sobre coisas que não existiam na época. Não havia internet, não havia celulares, não havia iPads, não havia Macs nem PCs, não havia caixas eletrônicos nem cartões de crédito. Não havia vidros elétricos nos carros nem chaves eletrônicas que abriam o carro à distância. Ver o rosto da pessoa com quem falamos ao telefone era uma cena frequente em histórias de ficção científica, e talvez aquilo fosse a coisa mais futurística que se podia imaginar. As crianças começam a se aborrecer com as histórias, uma vez que para elas a moral dessas histórias é clara: antigamente era preciso se esforçar mesmo por coisas mínimas, como ouvir um determinado tipo de música ou sacar dinheiro, e o fato de que nada era fácil e nada era de graça fazia com que tudo se revestisse de um valor maior. A única coisa que as crianças escutam quando eu falo é que antigamente tudo era melhor. Do banco do motorista, o pai delas fala sobre como tudo era bom antes e tudo é ruim agora, sobre como as crianças são mimadas, sobre como fazem poucas coisas e sobre o quanto deram sorte. Quer dizer, nesse sentido "dar sorte" transforma-se no próprio oposto: quando esse pai, que ama a década de 70, diz que as crianças deram sorte e têm vida fácil, o que ele quer dizer é que não deram sorte, e que quem deu sorte foi quem teve uma vida mais difícil que a delas. Não é nada bom desvalorizar a vida e o estilo de vida dos seus filhos da forma que seja. As crianças, que de qualquer modo não têm nenhuma chance de vivenciar a década de 70, tentam me refutar como podem. Me chamam de velho e chamam a música que eu ouço no carro de música da idade da pedra. Ninguém mais gosta de rock, pai, elas me dizem. Quando eu disse que as pessoas da década de 70 também viviam na época moderna as crianças balançam a cabeça, porque não concordam: *elas* é que são modernas. E não há nada de estranho nisso, porque as crianças encontram-se tão distantes da década de 70 quanto eu, quando tinha a idade delas, me encontrava distante de 1930. Ou seja, da época do partido dos camponeses, de Vidkun Quisling, dos zepelins, da pesca artesanal de arenques, da grande depressão, do Ford T e das Olimpíadas de Berlim. Nunca ouvi o meu pai ou a minha mãe exaltarem a década de 50, que era a época em que haviam crescido, não havia nostalgia nenhuma, pelo contrário, eu tinha a impressão de que consideravam uma felicidade ter deixado aquilo tudo para trás. É por isso que eu gosto da década de 70, porque ela fez parte do passado — de uma época em que comer num restaurante era uma ocasião extraordinária, por exemplo, na qual havia poucos lugares para comer fora, a não ser pelos incríveis restaurantes à beira da estrada, na qual o entretenimento parecia um comportamento suspeito, que precisava ser racionado em porções pequenas de televisão e rádio, e na qual ainda se via feno secando por toda parte no campo — e também do futuro, porque toda a tecnologia já estava disponível, ainda que numa versão mais grosseira, como telefones fisicamente ligados uns aos outros por meio de fios, TVs e rádios que eram grandes caixas de madeira e foguetes pouco mais avançados do que carros, que devido ao peso enorme pareciam decolar somente a contragosto, com um enorme fogaréu logo abaixo, e que aos poucos ganhavam velocidade e subiam cada vez mais alto no céu claro e azul da década de 70 com astronautas de cinto de segurança afivelado, como se estivessem num Fusca. O anseio pela década de 70 não é nada além de um anseio pelo futuro, porque o futuro já existia naquela época, todo mundo sabia que tudo havia de se transformar, mas hoje não existe mais nada disso, porque tudo já está transformado. Acredito que as culturas de todas as épocas são marcadas por esses dois modos, a existência do futuro e a ausência do futuro, e é estranho perceber que a cultura parece orientar-se em função dessa ausência do futuro, como se essa fosse sua forma mais elevada, o momento em que todos os anseios estão satisfeitos, o que a bem dizer não acontece, porque nessa hora os anseios voltam-se em direção ao passado, ou então a outra coisa perdida ou ainda incompleta, como nos anos que precederam a Primeira Guerra Mundial, uma guerra que ninguém esperava e que ninguém queria, impulsionada por forças que ninguém viu, e que no entanto, de maneira brutal, primeiro uma vez, e logo a seguir outra vez, abriu espaço para a presença de um novo futuro.

Fogueiras

Não havia muitas fogueiras no lugar onde cresci, a não ser pelos incêndios florestais no início da primavera e pela fogueira de São João no verão, e hoje também não há muitas fogueiras no lugar onde moro. Por que é assim, eu não saberia dizer, porque são muito poucos os fenômenos que podem ser comparados ao fogo em termos de beleza — deve haver apenas os relâmpagos, que são impossíveis de controlar, ao contrário do fogo, que pode ser criado em qualquer lugar e a qualquer hora: basta um pouco de papel ou madeira, uma caixa de fósforos ou um isqueiro, e a chama vem ao mundo. Pode ser que as fogueiras já não cumpram função nenhuma — as casas são aquecidas por estufas, e são poucas as vezes em que nos encontramos suficientemente longe de casa para ter de recorrer a uma fogueira para nos esquentar, como se fazia antigamente. Tampouco precisamos queimar lixo, uma vez que tudo é separado e reciclado em vez de ser destruído, e mesmo o tanto que precisa ser queimado é incinerado em grandes fornalhas nas estações de reciclagem, que é como hoje em dia se chamam os lixões. Na casa dos meus avós, por outro lado, quando ainda eram vivos e nós os visitávamos na pequena fazenda, que não devia ter mais do que dois hectares e só abrigava três vacas, um terneiro e umas poucas galinhas, havia sempre uma fogueira acesa. O lugar da fogueira era entre a casa e o galpão, perto de um outeiro coberto por moitas de frutinhas selvagens. As cinzas eram claras, incrivelmente lisas e macias, como farinha. Em certos pontos havia pedaços sólidos de lenha carbonizada, que se revelavam como um naufrágio numa praia e eram em geral duros, ainda que porosos nas extremidades, era possível raspar essa camada usando as unhas, o que não era possível com madeira crua, e pretos como a noite. Às vezes também havia latas de conserva na fogueira, que embora pudessem estar manchadas de fuligem pareciam totalmente intocadas pela conflagração que tinha aniquilado todas as tralhas e quinquilharias que antes enchiam as caixas. Uma das minhas lembranças mais nítidas da infância vem de lá. Os terrenos estão cobertos por uma fina camada de neve, que em certos pontos deixava entrever a terra escura, o céu tem uma coloração cinzenta e o panorama está todo imóvel, como ocorre no inverno. Meu avô está na frente da fogueira, vestido com o macacão azul que sempre usava, com as botas marrons e a touca escura de pala curto. Ele deve ter acabado de jogar a última leva de lixo na fogueira, porque está totalmente imóvel, enquanto as chamas amarelas e tremulantes se erguem a talvez meio metro de altura à frente dele, como único movimento nessa cena. Eu pensava no fogo como se fosse uma criatura dotada de existência própria, independente do material de que se originasse, uma criatura com uma personalidade volúvel, pois num instante se debatia e se retorcia, jogava-se bruxuleando de um lado para outro, como se estivesse furioso ou atormentado, e no instante seguinte parava, endireitava as costas e estendia-se rumo ao céu, como que satisfeito consigo mesmo. Hoje, quando penso na lembrança daquele homenzinho de pé no panorama imóvel em frente ao clarão da fogueira, noto que estou pensando sobre o tempo. Sobre as diferentes velocidades em que o tempo se movimenta, como se tivesse camadas, nas quais o meu avô, falecido há vinte anos, encontrava-se num tempo que corria, enquanto os abetos no morro do outro lado da propriedade existiam noutra camada, mais vagarosa, e o próprio morro existia numa terceira ainda mais vagarosa, enquanto o fogo, que aparentemente é uma das coisas mais transitórias que existe, uma vez que sumiu daquela cena naquele mesmo dia, existe na camada mais central, onde o tempo não passa e tudo permanece sempre igual a si mesmo. Pois assim é o fogo, ele é sempre o mesmo, e é esse aspecto atemporal que invocamos ao acender uma fogueira, e também o que a torna bela e temível. Estar diante de uma fogueira é estar diante do abismo.

Operação

Uma das nossas filhas parecia meio desatenta quando era pequena: ela dava a impressão de nunca estar muito presente. Como não parecia tonta, achei que fosse apenas um simples traço de caráter introvertido e sonhador numa criança que no mais tinha uma personalidade afetuosa e radiante. Porém meses atrás fizemos uma audiometria no posto de saúde, e de acordo com o resultado do exame ela tem audição reduzida. O que eu tinha observado não era portanto desleixo, uma vez que não era provocado por nenhum tipo de desatenção, mas simplesmente porque ela não conseguia nos ouvir direito... Acho que nunca em toda a minha vida eu senti minha consciência tão pesada. Mas felizmente era um problema operável. Ela tinha um acúmulo de líquido no interior dos tímpanos e um grande pólipo na faringe, e as duas coisas podiam ser removidas de maneira relativamente simples e descomplicada. O pólipo seria excisado, e o líquido poderia ser drenado com a inserção de uma pequena cânula no tímpano. Assim, ontem fui com ela ao hospital. Chegamos ainda cedo pela manhã e passamos um tempo aguardando na sala de espera. Ela tirou uma fotografia do canhoto da senha com o meu telefone, e também do coelhinho de pelúcia dela sozinho no sofá. Tinham colocado um emplastro anestésico num dos pulsos dela, e ela de vez em quando se coçava, impressionada ao ver que a pele estava totalmente insensível. Fomos chamados e acompanhamos a enfermeira até um quarto com dois leitos separados por uma cortina, onde tivemos que esperar mais um pouco. Ela foi instruída a tirar a roupa e a vestir um avental branco, ao passo que eu recebi uma roupa que se parecia com uma capa de chuva e uma touca de plástico. A enfermeira tirou o emplastro enquanto a minha filha conversava, espetou um negócio que parecia uma válvula no braço dela e explicou que aquilo era para aplicar o remédio que a colocaria para dormir. Logo depois que a enfermeira nos deixou mais uma vez a sós um menino chegou em uma cama com rodinhas. Por trás da cortina nós o ouvimos chorar, e ouvimos a voz de uma mulher que o consolava. Olhei para a minha filha e perguntei se ela estava com medo. Ela balançou a cabeça e abraçou o coelhinho. Eu quero ser enfermeira quando crescer, ela disse. É um trabalho bonito, respondi. Quando a enfermeira reapareceu meia hora depois para nos buscar o menino estava dormindo, enquanto a mulher permanecia sentada numa cadeira ao lado dele mexendo no celular. Já na sala de cirurgia uma mulher que devia ser a anestesista se inclinou por cima da minha filha e começou a explicar o que faria enquanto ligava um tubo à válvula que ela tinha na mão. Ela disse que logo aplicaria a anestesia e a colocaria para dormir, e que ela sentiria uma leve pressão na mão, mas que não ia doer. Minha filha perguntou se podia ficar com o coelhinho, a anestesista respondeu que sim e em seguida ela acrescentou que queria ser enfermeira quando crescesse. No instante seguinte, enquanto ela estava deitada com o olhar fixo nas lâmpadas mais acima, as pupilas subiram ao mesmo tempo e só o branco dos olhos permaneceu visível. Foi uma cena macabra, como se uma força tivesse sugado a consciência dela como objetos soltos desaparecem pelo furo na carenagem de um avião. Agora você pode esperar, disseram para mim. E pode levar o coelhinho, para que não acabe manchado de sangue. Ela não perceberia nada. Peguei o coelhinho na mão, saí e me sentei numa cadeira embaixo da janela com o coelhinho no colo. Não demorou muito até que a enfermeira aparecesse outra vez, empurrando a minha filha numa cama com rodinhas. Ela ainda estava um pouco sedada e tinha os olhos fechados, e além disso estava tremendo e tinha contrações pelo corpo inteiro, e também havia manchas de sangue no peito dela. Eu nunca tinha visto uma coisa tão horrível. Ela vai acordar daqui a meia hora, disse a enfermeira, colocando a cama ao meu lado. O procedimento correu bem. Fiquei ao lado daquele corpinho trêmulo por meia hora, quando ela de fato acordou. Sentou-se, confusa e assustada, como se estivesse sonâmbula, e começou a tatear ao redor com as mãos. Coloquei o coelhinho na frente dela, e ao reconhecê-lo ela o pegou e o abraçou. Como você está?, eu perguntei. Ela me olhou e começou a chorar. Se deite e descanse um pouco, eu disse. Ela fez como eu havia pedido e voltou a dormir. Quando tornou a acordar, ela estava praticamente normal, apenas um pouco mais frágil e um pouco mais fraca que o habitual. A enfermeira apareceu com um sorvete, que ela comeu mesmo dizendo que estava com dor de barriga. Ao fim de outra meia hora ela estava suficientemente bem para voltar para casa. Ainda estava pálida e quieta, mas andou pelos corredores, saiu ao estacionamento e seguiu até o carro sem nenhuma dificuldade. No caminho, fiz uma parada na grande loja de brinquedos do Regementet, onde eu disse para ela que podia escolher o brinquedo que quisesse. Ela escolheu uma casa com uma família inteira de coelhinhos de plástico. Enquanto pagávamos, de repente ela levou a mão à boca e saiu correndo da loja. Tirei o cartão do leitor, coloquei a casa numa sacola plástica e saí com passos apressados atrás dela. Ela estava na frente do carro, vomitando no asfalto. Quando a alcancei, aquilo já tinha passado. Ela endireitou o corpo. Olhei para o vômito. Aquilo tinha uma coloração vermelho-escura. Isso é sangue?, ela perguntou. É o que parece, eu respondi. É perigoso?, ela perguntou. Não, eu disse. Você deve ter engolido durante a operação. Está melhor agora? Tô, ela respondeu. Agora estou bem! Quando pegamos a estrada ela se lembrou da vez que estava doente e tomou sopa de mirtilo, e depois o vômito saiu totalmente azul. E não foi só isso, eu disse. Você vomitou em cima do papel de parede branco! A mancha nunca mais saiu. É, ela disse, sorrindo. Mas diga uma coisa, eu perguntei, por que você correu até o carro para vomitar? Você não podia ter vomitado logo depois de sair da loja? Não sei, ela disse. Eu me senti mais segura daquele jeito.

Hidrantes

Com formato arredondado e chato, cor marrom-ferrugem e relevos e inscrições, as tampas de bueiro mais parecem enormes moedas. Que existam em todas as cidades e municípios, pelo menos no Ocidente, significa que cumprem a função que têm da melhor forma possível, e que assim atingiram sua forma definitiva, uma vez que construções e invenções também seguem a lei de sobrevivência do mais forte. Em geral não presto muita atenção a esses objetos, mas, quando os observo, quando por exemplo um carro faz uma pequena volta em torno de uma tampa de bueiro, e assim compreendo que o motorista é supersticioso, pois essa é uma crença muito difundida, a de que dá azar passar por cima delas a pé ou de carro, geralmente penso que têm um certo aspecto romano. Em Roma as construções e invenções estabilizaram-se em sistemas predefinidos, que eram replicados em todas as cidades, não para deixar marcas próprias, como civilizações mais vaidosas talvez fizessem, embora os romanos também agissem dessa forma, mas simplesmente porque haviam se mostrado mais adequadas ao propósito que tinham. Estou pensando nos aquedutos, nas estradas, nas muralhas, nos banhos, nos teatros, nos circos, nos acampamentos e nos prédios administrativos. Esse é um olhar superficial, um raciocínio do tipo mais simples possível: as tampas de bueiro são idênticas e estão em toda parte, exatamente como certos elementos no Império Romano. Mas é diferente quando a tampa de um hidrante é aberta. Me lembro bem da primeira vez que testemunhei essa cena. Foi numa estrada perto da casa onde me criei. Um carro do município estava parado à beira da estrada quando chegamos da escola. Havia dois homens trabalhando por lá. E a tampa estava no asfalto, ao lado do bueiro, não diretamente sobre o chão, mas apoiada em outra coisa, sem dúvida para que fosse mais fácil pegá-la quando chegasse a hora de recolocá-la no lugar. Lembro que todos, um de cada vez, tentaram levantar a tampa, e talvez me lembre também de que era bem mais pesada do que parecia, aquilo permanecia imóvel, e esse sentimento, o de que uma coisa se mostra radicalmente distinta em relação às expectativas que desperta, é ao mesmo tempo empolgante e terrível, porque queremos que o mundo seja previsível, e aquele peso enorme numa tampa de dimensões e espessura relativamente modestas parecia quase sobrenatural.

No lugar habitual da tampa havia naquele momento um buraco. Era um buraco escuro, com talvez dois ou três metros de profundidade, e na parede interna havia uma série de degraus metálicos. Já não sei mais com o que era que os dois homens trabalhavam, mas sei que um deles desceu pelo buraco e desapareceu, e que eu tive um vislumbre do que havia lá embaixo. Um corredor baixo e estreito, similar a um túnel, avançava por baixo da estrada. E por aquele túnel corria água.

Isso era tudo. Aquele era o segredo do hidrante. O fato de que aquele interior fora revelado, e a partir daquele momento já não seria um segredo, devia ter feito com que toda a mística que o envolvia desaparecesse. Mas não foi o que aconteceu, muito pelo contrário: essa mística aumentou, pois havia um elemento fantástico na ideia de uma passagem embaixo da estrada, embaixo da terra, no meio de uma paisagem cotidiana que todos os dias eu via a partir da janela da cozinha enquanto fazia as refeições, onde as crianças todos os dias corriam e brincavam.

Ainda hoje me sinto atraído por tudo o que existe sob a terra. Galerias hospitalares quilométricas, pelas quais é possível descer para então subir em um lugar totalmente distinto, talvez muito longe do próprio hospital. As passagens subterrâneas do metrô. As catacumbas. Os sistemas de cavernas em locais turísticos. As enormes instalações subterrâneas de defesa que remontam à época da Guerra Fria, os abrigos antibomba nas grandes cidades, os bunkers. O atrativo não é tanto a força desse elemento ctônico, creio eu, não é a estranheza do reino subterrâneo — mesmo que talvez pareça atraente pensar que existe uma lei da gravidade capaz de agir sobre a alma, que a atrai rumo àquilo que outrora foi e àquilo que um dia há de se tornar. Não, trata-se de uma coisa bem mais simples, que está relacionada principalmente à dinâmica entre o visível e o oculto, entre o que sabemos e o que não sabemos. Quanto mais sabemos acerca do mundo, mais forte parece aquilo que não sabemos, e cada túnel, cada gruta, cada espaço subterrâneo torna-se uma confirmação daquilo que sentimos desde sempre: que nada acaba naquilo que os olhos podem ver.

Janelas

Uma das funções mais importantes da casa é neutralizar o tempo, criar um espaço onde o vento não sopra, a neve e a chuva não caem e a queda e a elevação das temperaturas não se aplicam. O ideal é que a temperatura da casa seja a mesma no inverno, quando na rua faz uma temperatura negativa, e também no verão, quando a temperatura se aproxima dos trinta graus. Esse lugar, ao qual chamamos "dentro de casa", encontra-se portanto numa constante luta contra os elementos. As paredes são grossas para que o vento não entre, mas em vez disso seja espremido ao longo dessas superfícies de forma que possa seguir adiante sem fazer nenhum contato com aquilo que se encontra "dentro de casa", e portanto isolado, para que o ar quente, tão desejado no outono e no inverno, não escape. Os telhados são revestidos com materiais impermeáveis, e além disso têm uma orientação diagonal, para que a água escorra e chegue até as calhas, que circundam toda a casa e levam a água de volta ao solo por canos verticais, que em geral são instalados nos cantos da casa. Os pontos fracos da casa são as janelas, consideravelmente mais delicadas do que as paredes, tanto porque são mais finas como também porque são feitas do material frágil que é o vidro e têm molduras de madeira cortada em formas que são quase varetas, igualmente mais finas do que o material com que as paredes em geral são construídas. Ao contrário das paredes, as janelas podem quebrar-se, o que é uma catástrofe para a casa, uma vez que nesse caso o vento, a chuva e o frio acabam por entrar. Além disso, as janelas também se desgastam mais depressa e começam a permitir "vento encanado", ou seja, a entrada de ar frio. Afinal, por que ter janelas numa casa, se elas transformam uma construção sólida em uma coisa mais frágil e mais vulnerável? Não é para regular a entrada de ar, como se poderia imaginar ao constatar que os moradores abrem-nas para arejar cômodos onde o ar está viciado ou durante o preparo das refeições, porque nesse caso seria possível fazer aberturas do mesmo material e da mesma espessura que as demais paredes da casa. Não: as janelas são de vidro para que os moradores possam olhar para fora. Isso significa que "dentro de casa" não é uma grandeza unívoca; se assim fosse, então as casas poderiam ter paredes de um metro de espessura em alvenaria maciça com superfícies contínuas, e além disso poderiam ser escavadas na terra ou construídas no interior de crateras abertas nas montanhas. Essa definição absoluta do conceito "dentro de casa" não seria desejável, por mais vantagens que pudesse oferecer em relação à neutralização dos elementos. Quando estamos "dentro de casa", também precisamos ver o que está "lá fora". Seria possível imaginar que essa situação viria de um desejo por controle, para que pudéssemos ver quem se aproxima, caso fosse uma presença hostil, mas tampouco poderia ser assim, visto que fechamos as janelas à tarde e à noite, e justamente nessas horas, em que o surgimento de um elemento hostil é mais provável graças ao manto da escuridão, agimos de maneira a não ver o lado de fora. Além disso, "dentro de casa" é uma ideia perpassada por "lá fora" de várias outras formas. É comum por exemplo ter plantas dentro de casa em recipientes pequenos, chamados de "vasos de plantas", nos quais tentamos da melhor forma possível simular "lá fora", para que assim as plantas consigam vingar e crescer mesmo no clima adverso dentro de casa. Mas tudo isso ocorre de maneira controlada, é como se o "fora" das plantas tivesse um "dentro" próprio, no interior do "dentro de casa" ainda maior, porém de acordo com um princípio oposto, porque o vaso de plantas é um "lá fora", ou seja, terra e água, mantido "dentro de casa" graças às paredes. Ninguém cultiva plantas ou verduras dentro de casa sem essas paredes adicionais, num monte de terra colocado diretamente sobre o chão; pelo contrário, todas as pedrinhas, toda a areia, todas as folhas e agulhas que por um motivo ou outro acabam dentro de casa mostram-se indesejáveis e são removidas de imediato. O mesmo princípio vale para a água. Se água é derramada no chão ou em cima da mesa, em sua forma livre, como existe "lá fora", então no mesmo instante essa água é enxugada. A água deve estar somente no interior de certos recipientes ou canos, em seu próprio "dentro" no "dentro de casa". É assim porque a água e a terra, as plantas e as folhas são imbuídas de forças dinâmicas do exterior, que mesmo em pequenas quantidades destroem o "dentro", marcado justamente pelo contrário, ou seja, pela estabilidade e pela imutabilidade. Basta um pouco de umidade nas paredes para que mofem, apodreçam e se desfaçam. Então o vento sopra, mais umidade entra e por fim, se o processo não for impedido, a casa inteira acaba por desabar, suas partes orgânicas transformam-se na terra onde as plantas e árvores hão de fixar raízes e crescer, e por fim os componentes minerais da casa também desaparecem no interior da floresta, nas profundezas da terra. Essa opção por murar-nos "dentro de casa" e cultivar ambientes internos tão característicos que tudo aquilo que pertence ao lado de fora é mantido "lá fora", também para os olhos, deve-se ao fato de que o nosso próprio lugar é "lá fora", pois o ambiente lá não apenas nos mantém vivos graças à água e às plantas da terra, mas nós próprios somos também feitos de água, nós próprios estamos também presos à terra, e nossa busca pela estabilidade, pela imutabilidade e pela neutralidade é uma negação de tudo isso, uma coisa sentida por todos nós, de maneira que a abertura das janelas, que não apenas se abre para "lá fora", mas também para o "fora" que está "dentro" de nós, é uma grandeza existencial sem a qual não podemos viver. A profunda ambivalência dessas duas grandezas, "dentro de casa" e "lá fora", revela-se até mesmo no caixão, que, ao servir como nossa derradeira morada, nosso derradeiro abrigo contra os elementos, nosso último "dentro de casa", em boa parte renega nossa verdadeira natureza, embora não de todo: se assim fosse, os caixões teriam janelas.

ESTA OBRA FOI COMPOSTA EM ELECTRA PELO ESTÚDIO O.L.M./ FLAVIO PERALTA E IMPRESSA EM OFSETE PELA GRÁFICA PAYM SOBRE PAPEL PÓLEN SOFT DA SUZANO S.A. PARA A EDITORA SCHWARCZ EM JUNHO DE 2023

A marca FSC® é a garantia de que a madeira utilizada na fabricação do papel deste livro provém de florestas que foram gerenciadas de maneira ambientalmente correta, socialmente justa e economicamente viável, além de outras fontes de origem controlada.